わたしのチョコレートフレンズ

作《さく》・嘉成《かなり》晴香《はるか》
絵《え》・トミイマサコ

わたしのチョコレートフレンズ

作《さく》・嘉成《かなり》晴香《はるか》

絵《え》・トミイマサコ

もくじ

おもな登場人物

矢吹凛太《やぶきりんた》　小学五年生。スイミングスクールに通い、水泳が得意。おさななじみは白井直政《しらいなおまさ》

古屋万緒《ふるやまお》　夏に、凛太の家の隣に引っ越してきて、凛太と同級生に。姉は二十歳の千織《ちおり》

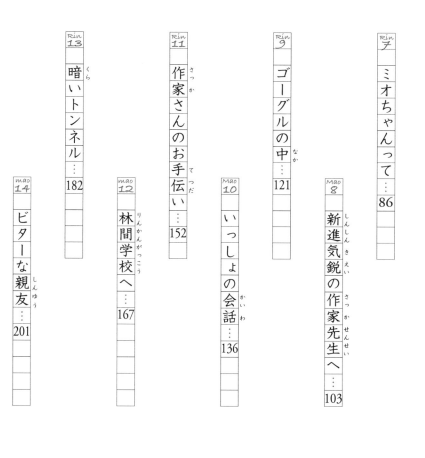

Rin 1

千織《ちおり》さんとの出会《であ》い

チョコレートをくれたから、ぼくは千織《ちおり》さんが好《す》きになった。お母《かあ》さんに見《み》せたところ、それはスイスのチョコレートだった。日本では売《う》っていないものだそうだ。ぼくはうれしくなって、一つずつ大事《だいじ》に食《た》べた。

千織《ちおり》さんに初《はじ》めて会《あ》ったのは、夏休《なつやす》みに入《はい》ってすぐだった。ふいてもふいても汗《あせ》がにじみ出《で》るような暑《あつ》い日《ひ》、その日《ひ》はエアコンも壊《こわ》れていて動《うご》かなかったし、よりによって扇風《せんぷう》機《き》もだめになっていた。きっとスイッチを切《き》る時《とき》に、いつもコードを引《ひ》っ張《ぱ》ってコンセントを抜《ぬ》いていたからだ。めんどうくさくて毎日《まいにち》歯磨《はみが》きしなかった結果《けっか》、とうとう虫歯《むしば》になってしまった時《とき》のことを思《おも》い出《だ》す。一回《かい》一回《かい》はたいしたことなくても、重《かさ》なると大変《たいへん》なことになる一番《いちばん》いい例《れい》だ。急《きゅう》に歯医者《はいしゃ》さんが歯《は》を削《けず》る、あのいやな音《おと》が頭《あたま》に鳴《な》り響《ひび》いた。

歯医者《はいしゃ》さんって、待合室《まちあいしつ》はオルゴールなんかの落《お》ち着《つ》く音楽《おんがく》がかかっているのに、一歩《いっぽ》奥《おく》の部屋《へや》に入《はい》ると、そのおだやかな気分《きぶん》は一瞬《いっしゅん》でどこかへ行《い》っちゃうんだよなぁ。あのかん高《だか》い音《おと》、かき氷《ごおり》を勢《いきお》いよくかきこんだ時《とき》に頭《あたま》に響《ひび》くあれとも似《に》てる。

こんなことを考《かんが》えながら、冷凍庫《れいとうこ》からチョコのアイスクリームを取《と》り出《だ》した瞬間《しゅんかん》だった。チャイムの音《おと》がした。それが、千織《ちおり》さんだった。

お父《とう》さんもお母《かあ》さんも仕事《しごと》に行《い》っているから、うちにはぼく一人。

「おいしそうなの、持《も》ってるね」

隣《となり》に引《ひ》っ越《こ》してきたと言《い》うからドアを開《あ》けると、髪《かみ》を頭《あたま》の高《たか》いところで一つにまとめた女《おんな》の人《ひと》がいた。親戚《しんせき》の大学生《だいがくせい》のお姉《ねえ》さんぐらいかな。夏《なつ》なのに全然《ぜんぜん》日焼《ひや》けしていなくて、袋《ふくろ》の底《そこ》に穴《あな》を開《あ》けて頭《あたま》からかぶっただけのようなデザインの、白《しろ》いワンピース姿《すがた》だ。

「食《た》べますか？」

ぼくはとっさに持《も》っていたアイスクリームをさしだしていた。しまった。冷凍庫《れいとうこ》の残《のこ》りのアイスクリームは、あとバニラ味《あじ》だけ。ぼくはチョコレートの方《ほう》が好《す》きなのに。

「君《きみ》、名前《なまえ》は？」

千織《ちおり》さんは、何《なん》の躊躇《ちゅうちょ》もせずぼくからアイスを受《う》け取《と》った。

「凛太《りんた》です」

「リンちゃん、ね」

リンちゃん。ぼくはこう呼《よ》ばれるのがきらいだった。子《こ》どもあつかいされている気《き》がして。けれど、千織《ちおり》さんに呼《よ》ばれると不思議《ふしぎ》といやな気分《きぶん》にならなかった。

「リンちゃんのは、あるの？」

ぼくはすぐにうちの奥《おく》のキッチンへ飛《と》んでいき、最後《さいご》のアイス（バニラ味《あじ》）を持《も》ってきた。見《み》せると、

「よかった。あるんだね。じゃ、もらうね」

と、千織《ちおり》さんは、すぐに袋《ふくろ》を開《あ》けた。どちらか選《えら》ばせてくれるんじゃないかとちょっと期《き》待《たい》していたぼくは、小《ちい》さくため息《いき》をついた。

でも、

「ほら、どうぞ」

なんと、千織《ちおり》さんはアイス（チョコレート味《あじ》）を持《も》った手《て》を、ぼくに向《む》けたのだ。アイスは傾《かたむ》きかけた太陽《たいよう》をあびて黒《くろ》く光《ひか》っている。

「え？」

「ほらほら、早《はや》く食《た》べないと、とけちゃうよ」

言《い》われるまま、ぼくはアイスを受《う》け取《と》った。千織《ちおり》さんの丸《まる》く整《ととの》えられた爪《つめ》は、イチゴのシャーベットみたいな色《いろ》だった。

「あ、ありがとう」

アイスをあげたのはこっちなんだけど。いや、ぼくがお小遣《こづか》いで買《か》ったわけじゃないんだけどさ。

ぼくもバニラのアイスを渡《わた》した。

千織《ちおり》さんもすぐに袋《ふくろ》から出《だ》し、口《くち》に入《い》れる。

「アイス、大好物《だいこうぶつ》なの。ありがとう」

これが、千織《ちおり》さんとの出会《であ》いだった。

次《つぎ》の日《ひ》、千織《ちおり》さんはまたうちにやってきた。今日《きょう》もうちにはぼく一人だった。

残業《ざんぎょう》で帰《かえ》るのが遅《おそ》くなるとお母《かあ》さんから電話《でんわ》がきたので、カップラーメンでも食《た》べようかと考《かんが》えていた時《とき》だった。玄関《げんかん》のチャイムが鳴《な》った瞬間《しゅんかん》、インターホンをとってもいないのに、なぜか千織《ちおり》さんのような気《き》がした。

「リンちゃん、やっほー」

やっぱり、千織《ちおり》さん。

今日《きょう》の千織《ちおり》さんは、青《あお》と白《しろ》のボーダーのワンピース。髪《かみ》は三《み》つ編《あ》み。そして、大《おお》きな麦《むぎ》わらぼうしをかぶっている。ぼうしのつばはあちこち大《おお》きくさけていて、近寄《ちかよ》ってあたったりしたら痛《いた》そうだ。

「これ、あげるね」

そう言《い》って、白《しろ》い紙袋《かみぶくろ》をぼくの手《て》にのせた。

紙袋《かみぶくろ》は、しわがたくさん入《はい》ってよれよれだった。それに、ずしりと重《おも》い。何《なに》が入《はい》っているんだろう。

「職場《しょくば》でもらったの。よかったら食《た》べて」

袋《ふくろ》の口《くち》から顔《かお》を出《だ》したのは、たくさんのチョコレートだった。カラフルな銀紙《ぎんがみ》に包《つつ》まれたいろいろな形《かたち》のチョコレート。アーモンド入《い》りとかピーナッツ入《い》りとか、いろんな味《あじ》があるみたいだ。

「あ、やっぱり。チョコレート、好《す》きなんだね」

ハッと顔《かお》を上《あ》げると、そこには満面《まんめん》の笑《え》みがあった。ぼく、そんなにうれしそうな顔《かお》してたのかな。

「昨日《きのう》のお礼《れい》だよ。とけないうちに冷蔵庫《れいぞうこ》に入《い》れといてね」

そう言《い》って、千織《ちおり》さんは帰《かえ》っていった。

夜《よる》、お母《かあ》さんに千織《ちおり》さんのことを話《はな》した。

「まだどんな人《ひと》かわかんないんだから、うちに入《い》れたりしないでね」

さっきまでうんうん言《い》いながら聞《き》いてくれたのに、最後《さいご》にはこんなことを言《い》った。確《たし》かにまだ全然《ぜんぜん》知《し》らないけれど、きっといい人《ひと》なのに。


夏休《なつやす》みの宿題《しゅくだい》。それは、終業式《しゅうぎょうしき》じゃなくて少《すこ》し前《まえ》の日《ひ》に発表《はっぴょう》される。

少《すこ》しでも早《はや》く終《お》わらせたいぼくは、算数《さんすう》だけは夏休《なつやす》みの次《つぎ》の日《ひ》にはやってしまった。

でも、やっかいな宿題《しゅくだい》がある。それは、読書感想文《どくしょかんそうぶん》だ。

「読書感想文《どくしょかんそうぶん》さえなかったら、夏休《なつやす》みは快適《かいてき》なのになぁ」

ぼくの気持《きも》ちを代弁《だいべん》するかのように、友達《ともだち》の白井直政《しらいなおまさ》が言《い》った。ぼくのやり終《お》わった計《けい》算《さん》ドリルをせっせと写《うつ》している。

「友達《ともだち》の宿題写《しゅくだいうつ》すのって、普通《ふつう》は夏休《なつやす》みが終《お》わるって時《とき》にしない？」

直政《なおまさ》は、夏休《なつやす》みが始《はじ》まって三日《か》たった日《ひ》にやってきた。

クーラーのきいた、居心地《いごこち》のいいぼくの部屋《へや》。ぼくは冷《ひ》ややかな目《め》で直政《なおまさ》を見《み》た。

「その質問《しつもん》、そろそろやめろよ。もう五回目《かいめ》だよ？」

直政《なおまさ》は、またかと言《い》いたげな顔《かお》をして、額《ひたい》の汗《あせ》をふくそぶりをした。

ぼくたちは、小学《しょうがく》一年生《ねんせい》の時《とき》からずっと同《おな》じクラスという、くされ縁《えん》だ。今年《ことし》もそろそろ来《く》る頃《ころ》だと思《おも》っていた。なにせ、毎年《まいとし》のことだから。

「夏休《なつやす》みの終《お》わりにあせって写《うつ》さなくてもいいようにね」

去年《きょねん》までこう言《い》っていたから、今年《ことし》もそうなんだろう。

さて、ぼくは自分《じぶん》の残《のこ》りの宿題《しゅくだい》のことを考《かんが》えよう。まずは読書感想文《どくしょかんそうぶん》を書《か》くために本《ほん》を読《よ》まなきゃなぁ。読書《どくしょ》って、きらいでもないけど、好《す》きでもないんだよなぁ。

それにしても、読書感想文《どくしょかんそうぶん》って何《なん》のために書《か》くんだろう。どんなにおもしろい本《ほん》を読《よ》んで感想《かんそう》を書《か》いたところで、感想文《かんそうぶん》を読《よ》むのは担任《たんにん》の先生《せんせい》一人だ。運《うん》よくクラスで選《えら》ばれてコンクールに出《だ》してもらえたとしても、その審査員《しんさいん》だって大人《おとな》ばかり。ぼくには意味《いみ》がないように思《おも》えて仕方《しかた》なかった。どうせなら、同《おな》じくらいの人《ひと》に読《よ》んでもらった方《ほう》が書《か》きがいがあるのにな。ぼくはそんなことを考《かんが》えながら、必死《ひっし》に宿題《しゅくだい》を写《うつ》す直政《なおまさ》をながめた。

翌日《よくじつ》、久々《ひさびさ》に家《いえ》を出《で》た。外《そと》ってこんなにうるさかったんだな。セミどころか、太陽《たいよう》までがうなるように照《て》りつけてくる。

行《い》き先《さき》は図書館《としょかん》。家《いえ》の近所《きんじょ》にある、公民館《こうみんかん》の中《なか》の小《ちい》さな図書館《としょかん》だけど、ぼくにとってはこれぐらいがちょうどいい。だって、大《おお》きすぎるとそれだけ本《ほん》もたくさんあるわけで、一人ではとうてい選《えら》べない。

自転車置《じてんしゃお》き場《ば》に着《つ》くと、だれかがいた。ショートカットの髪《かみ》で、T《ティー》シャツに短《たん》パンというぼくと同《おな》じようなかっこうだったから、後《うし》ろからだと男子《だんし》かと思《おも》った。でも、横顔《よこがお》を見《み》ると同《おな》じ年《とし》くらいの女《おんな》の子《こ》だった。ちょうど自転車《じてんしゃ》を止《と》めたところのようで、ペットボトルのお茶《ちゃ》を飲《の》んでいる。

目《め》が合《あ》った。近所《きんじょ》のおばさんにだったら、すぐに「こんにちは」ってあいさつできるのに、できなかった。

女《おんな》の子《こ》はぼくに向《む》かって、頭《あたま》を少《すこ》しだけさげた。会釈《えしゃく》ってやつだ。それが、とてつもなく大人《おとな》っぽく見《み》えた。ただ、ゆっくりと目《め》をふせただけなのに。

やっぱりさっきのは訂正《ていせい》。同《おな》じくらいの年《とし》かと思《おも》ったけど、もう少《すこ》し上《うえ》かも。制服《せいふく》を着《き》ていないからわかんないけど、たぶん中学生《ちゅうがくせい》だ。

ぼくも、頭《あたま》をちょっとだけさげた。何《なん》だか、緊張《きんちょう》した。

女《おんな》の子《こ》は大《おお》きなかばんを肩《かた》にひっかけて建物《たてもの》に入《はい》っていく。ぼくはぽかんと口《くち》を開《あ》けて見《み》ていた。一瞬《いっしゅん》、暑《あつ》さを忘《わす》れていた。見《み》えなくなって、あわててぼくも自転車《じてんしゃ》を止《と》めた。

久々《ひさびさ》の図書館《としょかん》。場違《ばちが》いな感《かん》じがした。

静《しず》かといえば静《しず》かなんだけど、ぼくにはそうは思《おも》えなかった。本《ほん》を読《よ》んでいる人《ひと》からにじみ出《で》る何《なに》かが、ミシミシ伝《つた》わってくるんだ。いや、キシキシ、かな。ピキピキ、でもしっくりきそう。なんにしろ、この音《おと》は何度《なんど》聞《き》いても慣《な》れない。

子《こ》どもの本《ほん》のコーナーの一番奥《いちばんおく》にあるテーブルに、さっきの女《おんな》の子《こ》がいた。メキメキと「読《よ》む音《おと》」をさせている。

とても話《はな》しかけられるような雰囲気《ふんいき》じゃない。あれ、このコーナーにいるということは、やっぱり同《おな》じくらいの年《とし》なのかな。中学生《ちゅうがくせい》って、大人《おとな》の本《ほん》を読《よ》むんじゃなかったっけ。いや、でも中学生《ちゅうがくせい》ってまだ子《こ》どもだよな。

テーブルの上《うえ》には、もう分厚《ぶあつ》い本《ほん》が何冊《なんさつ》も置《お》かれていた。この短時間《たんじかん》に、どうやって選《えら》んだんだろう。

壁《かべ》にはってある図書館《としょかん》だよりにおすすめの本《ほん》が紹介《しょうかい》されていたけれど、タイトルがおもしろくなさそうだったし、絵《え》も少《すく》なそうだったからやめておいた。

どこかに短《みじか》い時間《じかん》で読《よ》めて、ある程度挿絵《ていどさしえ》が多《おお》くて、とびっきりおもしろい本《ほん》、ないかなぁ。ぼくは広《ひろ》いとはいえない子《こ》どもの本《ほん》のコーナーを、動物園《どうぶつえん》のおりの中《なか》のホッキョクグマのように何度《なんど》も何度《なんど》も歩《ある》いて回《まわ》った。目《め》にはいろいろなタイトルが飛《と》び込《こ》んでくるけれど、どれを見《み》てもピンとこない。たまに棚《たな》から引《ひ》っ張《ぱ》り出《だ》してペラペラめくってみても、文字《もじ》の多《おお》さにめまいがして、すぐに元《もと》の場所《ばしょ》に戻《もど》してしまった。

どれぐらい時間《じかん》がたっただろう。

ずっとうろうろしていたせいか、だんだん足《あし》が疲《つか》れてきた。もう今日《きょう》は帰《かえ》ろうかな。そう思《おも》った時《とき》、後《うし》ろから声《こえ》がした。

「本《ほん》を探《さが》してるなら、検索用《けんさくよう》のコンピューターがあるよ」

振《ふ》り向《む》くと、さっきまで本《ほん》に熱中《ねっちゅう》していたさっきの女《おんな》の子《こ》が立《た》っていた。もう、メキメキという読《よ》む音《おと》はさせていない。

「えっと、いやぁ、そういうんじゃないんだけど……」

「そういうんじゃないって？」

丸《まる》くて大《おお》きな目《め》が、じっとこっちを見《み》つめている。ぼくみたいな悩《なや》みなんて持《も》ったことないんだろうなぁ。

「おもしろい本《ほん》を探《さが》してるだけなんだ」

こんなこと言《い》ったら、ばかにされるんじゃないかと思《おも》った。でも、女《おんな》の子《こ》は大《おお》きな目《め》を今度《こんど》は輝《かがや》かせた。

「そういうことだったら、まかせて!」

そして、かばんの中《なか》から分厚《ぶあつ》いノートを一冊《さつ》取《と》り出《だ》した。ページを慣《な》れた手《て》つきでめくると、こっちに向《む》かってやわらかい風《かぜ》が吹《ふ》いてきた。

Mao 2 私《わたし》の庭《にわ》のような所《ところ》

「小学校《しょうがっこう》の高学年《こうがくねん》で転校《てんこう》なんて、悪《わる》いな」

お父《とう》さんはそう言《い》って、頭《あたま》をさげた。

「私《わたし》は大丈夫《だいじょうぶ》よ」

だれにも言《い》えっこないけれど、これを聞《き》いた時《とき》、ちっとも悲《かな》しくならなかったのだ。

「万緒《まお》がいなくなるの、さびしいよぉ」

クラスの子《こ》たちはこう言《い》って、みんなそろって眉《まゆ》をハの字《じ》に曲《ま》げた。その下《した》にある黒《くろ》い目《め》の奥《おく》を、私《わたし》は一つ一つじっと見《み》つめる。

ほんとかな。

きっと本気《ほんき》じゃないって、私《わたし》は思《おも》う。

「私《わたし》もさびしい。転校《てんこう》なんてしたくないよぉ」

何《なん》となくこう言《い》わなきゃなんない気《き》がして、私《わたし》もうまく悲《かな》しそうな顔《かお》を作《つく》ってみたけれど、ちゃんとできたかな。

学校《がっこう》では、わりとうまくやってた。

クラス全員《ぜんいん》と、朝《あさ》は「おはよう」、帰《かえ》りは「バイバイ」とあいさつできたし、グループを作《つく》んなきゃならない時《とき》には、すぐに入《い》れてもらえるくらいにはみんなと仲《なか》よくしてた。

だからといって、友達《ともだち》じゃない。

小学《しょうがく》四年生《ねんせい》の時《とき》、クラスの子《こ》が、

「いっしょにトイレに行《い》こう」

と言《い》ってきた。休《やす》み時間《じかん》で、私《わたし》は前《まえ》の授業《じゅぎょう》で使《つか》った絵《え》の具《ぐ》を片付《かたづ》けていなかった。それにトイレに行《い》きたい気分《きぶん》でもなかった。だから、

「一人で行《い》ってくれる？」

って答《こた》えたんだ。その子《こ》はかたいビンのふたを開《あ》ける時《とき》みたいな顔《かお》をして、他《ほか》の子《こ》をさそって教室《きょうしつ》を出《で》ていった。

次《つぎ》の日《ひ》から、無視《むし》された。

すぐに理由《りゆう》はわかった。あの時《とき》、絵《え》の具《ぐ》を放《ほう》ってトイレにいっしょに行《い》けばよかったんだ。でも、私《わたし》は忙《いそが》しかったたってだけで、悪気《わるぎ》はなかった。それに、友達《ともだち》なんだからこんな小《ちい》さなことで我慢《がまん》なんてする必要《ひつよう》あるかな。

数日《すうじつ》たっても無視《むし》はつづいた。

たまりかねた私《わたし》は、その子《こ》にあやまった。「トイレについていけなくてごめんね」って。すると、またつまらない関係《かんけい》に戻《もど》った。

あれからずっと、「友達《ともだち》」について考《かんが》えている。その結果《けっか》、私《わたし》には友達《ともだち》がいないってことになった。だって、やっぱりどう考《かんが》えても、ほんとは私《わたし》、あやまらなくてもよかったと思《おも》うんだもん。みんなでワイワイとトイレに行《い》きたいというあの子《こ》の気持《きも》ちは想像《そうぞう》できなくもないけれど、あの子《こ》は私《わたし》の気持《きも》ちを少《すこ》しも考《かんが》えずにただ勝手《かって》に怒《おこ》ってただけ。それにトイレどころか私《わたし》があの子《こ》の全《すべ》てを拒否《きょひ》したみたいに言《い》い回《まわ》って周《まわ》りも巻《ま》き込《こ》むなんて、ずるいにもほどがある。

新《あたら》しい学校《がっこう》では、本当《ほんとう》の友達《ともだち》ができるといいけど。

五年生《ねんせい》の夏《なつ》、こうして私《わたし》は引《ひ》っ越《こ》した。

二学期《がっき》から、いよいよ新《あたら》しい学校《がっこう》のスタートだ。

夏休《なつやす》みは毎日《まいにち》のように図書館《としょかん》へ通《かよ》い、思《おも》い切《き》り本《ほん》を読《よ》んだ。今《いま》までは友達《ともだち》と話《はなし》を合《あ》わせるためにテレビばかり見《み》ていた。流行《はや》りのお笑《わら》い芸人《げいにん》は、必《かなら》ずチェックしなくちゃなんない。私《わたし》は本《ほん》や漫画《まんが》を読《よ》む方《ほう》が好《す》きなので、いつもめんどうくさかったなぁ。

それから、せっかくの夏休《なつやす》みだし、何《なに》か新《あたら》しいことを始《はじ》めようと物語《ものがたり》を書《か》くことにした。私《わたし》の夢《ゆめ》は作家《さっか》。ずっとあこがれていて、なりたいと思《おも》っていたけど、実《じつ》はこれまで一度《いちど》も物語《ものがたり》を書《か》いたことがなかった。

いざ書《か》いてみると、これがなかなか難《むずか》しい。考《かんが》えていることを言葉《ことば》にするのって、けっこう大変《たいへん》だ。後《あと》で読《よ》み返《かえ》すと、自分《じぶん》が何《なに》を書《か》きたかったのかわからなくなることがほとんど。でも練習《れんしゅう》すればましになるかもしれないし、何《なに》よりお父《とう》さんが仕事《しごと》で使《つか》っていたノートパソコンをゆずってくれたんだから、つづけてがんばることにした。

「隣《となり》のおうち、万緒《まお》と同《おな》じ年《とし》の男《おとこ》の子《こ》がいるみたいよ」

勉強机《べんきょうづくえ》で書《か》いていると、今年《ことし》二十歳《はたち》になった千織《ちおり》お姉《ねえ》ちゃんがやって来《き》た。うちわでパタパタあおぎながら、もう片方《かたほう》の手《て》にはよれよれの白《しろ》い紙袋《かみぶくろ》を持《も》っている。

「男《おとこ》の子《こ》かぁ」

手《て》を止《と》めて、短《みじか》くため息《いき》をつく。あ、でも女《おんな》の子《こ》で友達《ともだち》になれない子《こ》よりは、男《おとこ》の子《こ》の方《ほう》がいいか。

「職場《しょくば》でたくさんもらったからあげる」

渡《わた》された袋《ふくろ》をのぞくと、色《いろ》とりどりの銀紙《ぎんがみ》に包《つつ》まれたチョコレートが入《はい》っていた。こんなにたくさん、食《た》べきれるかな。

「いい友達《ともだち》になれたらいいね」

お姉《ねえ》ちゃんはそう言《い》って、にやりと笑《わら》いながらパソコンのディスプレーをのぞきこんだ。私《わたし》はさっと両手《りょうて》でかくし、お姉《ねえ》ちゃんを見上《みあ》げる。

「そんなこわい顔《かお》しなくてもいいじゃない」

お姉《ねえ》ちゃんは、わざと頬《ほお》をふくらませながらも笑《わら》っていた。

「書《か》いたら見《み》せるって、この前言《まえい》ったでしょ。まだ途中《とちゅう》だから、見《み》ないで」

「どうせ見《み》せるなら、途中《とちゅう》で見《み》てもいいじゃない」

「いーやーなーのっ！　トイレしてるところを見《み》られてる感《かん》じなの！」

「そんな大《おお》げさな」

汗《あせ》があごのラインを流《なが》れ落《お》ち、手《て》の甲《こう》にポタリと落《お》ちた。お姉《ねえ》ちゃんはそれを見《み》て、アイスクリームでも持《も》ってこようかと言《い》ってくれたけれど、私《わたし》は首《くび》を横《よこ》に振《ふ》った。

「そうだ。隣《となり》の男《おとこ》の子《こ》がどんな子《こ》か、今度《こんど》お姉《ねえ》ちゃんが見《み》てこようか？」

そんなことしてくれなくてもいいのに。と思《おも》ったけれど、にやにや笑《わら》うお姉《ねえ》ちゃんを見《み》て確信《かくしん》した。これはもう、その男《おとこ》の子《こ》に会《あ》いに行《い》った後《あと》だ。

「冷蔵庫《れいぞうこ》の万緒《まお》のアイス、もらってもいい？」

お姉《ねえ》ちゃんは、知《し》らない曲《きょく》の鼻歌《はなうた》を歌《うた》いながら、私《わたし》の答《こた》えを待《ま》たずに部屋《へや》を出《で》ていった。


今《いま》までずっと「友達《ともだち》」について考《かんが》えてきたから、物語《ものがたり》のテーマは「友情《ゆうじょう》」だ。

この前読《まえよ》んだ本《ほん》に、「親友《しんゆう》」って言葉《ことば》が出《で》てきた。知《し》ってはいたけれど、もう一度辞書《いちどじしょ》で調《しら》べたら、「互《たが》いに心《こころ》を許《ゆる》し合《あ》っている友《とも》」と出《で》てきた。そうそう、こういう友達《ともだち》がほしいんだって、一人でうなずいたっけ。

お姉《ねえ》ちゃんがくれたチョコレートを袋《ふくろ》から一つ取《と》り出《だ》し、口《くち》に入《い》れる。

てっきり、外国《がいこく》のチョコレートだし甘《あま》ったるいのかと思《おも》っていたのに、口《くち》に広《ひろ》がったのはほどよい苦《にが》みだった。私《わたし》ぐらいの年《とし》だと、ビターチョコレートはきらいな子《こ》も多《おお》いけれど、私《わたし》は好《す》きだ。砂糖《さとう》の甘《あま》さじゃなくて、チョコレート本来《ほんらい》の味《あじ》がわかるなんて、私《わたし》ってけっこう大人《おとな》かもしれない。

物語《ものがたり》の主人公《しゅじんこう》マミカのモデルは、もちろん私《わたし》だ。マミカと親友《しんゆう》のサオリちゃんは、毎日《まいにち》いろんなことを話《はな》したり、時々手紙《ときどきてがみ》を交換《こうかん》したりする。主人公《しゅじんこう》たちも、私《わたし》と同《おな》じ五年生《ねんせい》。小学校《しょうがっこう》を卒業《そつぎょう》するまでの話《はなし》を書《か》けたらいいなと思《おも》ってる。もしうまく書《か》けたら、中学校編《ちゅうがっこうへん》も書《か》いてもいいかも。まだ中学生《ちゅうがくせい》じゃないから、中学《ちゅうがく》生《せい》の生活《せいかつ》ってどんなのか全然想像《ぜんぜんそうぞう》もつかないけど、その時《とき》はお姉《ねえ》ちゃんに聞《き》いてみよう。

朝《あさ》はできるだけ早《はや》く起《お》きて物語《ものがたり》を書《か》き、お昼《ひる》を食《た》べてからは図書館《としょかん》へ。新《あたら》しい家《いえ》は、図《と》書館《しょかん》が自転車《じてんしゃ》で行《い》ける距離《きょり》にあるのが、一番《いちばん》いいところだ。

照《て》りつける太陽《たいよう》がコンクリートをじりじりとこがす。フライパンでも置《お》いたら目玉焼《めだまや》きができそうだな、と毎日思《まいにちおも》う。歩《ある》くと足《あし》の裏《うら》からとけてしまいそうだ。

なのに、自転車《じてんしゃ》のサドルは気《き》にならない。もちろん触《さわ》ると熱《あつ》いんだけど、座《すわ》ると温《あたた》かさが広《ひろ》がって気持《きも》ちいい。お尻《しり》って、冷《つめ》たいのかな。

汗《あせ》をかかないように、あまりスピードを出《だ》さないで自転車《じてんしゃ》をこぐ。生暖《なまあたた》かい風《かぜ》が正面《しょうめん》から吹《ふ》いてきて、髪《かみ》を舞《ま》い上《あ》げ、信号《しんごう》で止《と》まる度《たび》に私《わたし》の頬《ほお》や首《くび》に貼《は》り付《つ》ける。今日《きょう》も、セミの大合唱《だいがっしょう》が心地《ここち》いい。

自転車《じてんしゃ》で五分《ふん》ちょっと走《はし》れば、すぐ公民館《こうみんかん》が見《み》えてくる。この中《なか》に、図書館《としょかん》があるのだ。あまり大《おお》きくないけれど、子《こ》ども向《む》けの本《ほん》がたくさんあるし、何《なに》よりいつもすいている。

自転車置《じてんしゃお》き場《ば》に着《つ》いた。自転車《じてんしゃ》を止《と》めて、ペットボトルのお茶《ちゃ》をグイっと飲《の》んだ。冷《つめ》たいのを持《も》ってきたはずなのに、もうぬるくなりかけていた。

ふと、視線《しせん》を感《かん》じた。

見《み》ると、自転車《じてんしゃ》にまたがった男《おとこ》の子《こ》だった。赤《あか》いキャップをかぶっている。年《とし》は、私《わたし》よりちょっと下《した》くらいかな。

目《め》が合《あ》ったので、ちょっとだけ頭《あたま》をさげた。すると、その男《おとこ》の子《こ》も同《おな》じようにペコリとあいさつしてくれた。

この辺《へん》に住《す》んでいるなら、同《おな》じ学校《がっこう》かも。こんなことをぼんやり考《かんが》えながら借《か》りていた本《ほん》が五冊《さっ》入《はい》った重《おも》いかばんを持《も》って、建物《たてもの》へ入《はい》った。

館内《かんない》はクーラーがよくきいていて、とても静《しず》か。かばんから本《ほん》を取《と》り出《だ》すと、本《ほん》まで温《あたた》かくなっていた。

「また、たくさん読《よ》んだのねぇ」

もうすっかり顔見知《かおみし》りの司書《ししょ》のお姉《ねえ》さんが、返却手続《へんきゃくてつづ》きをしながら言《い》った。

「ほんとはもっと借《か》りたいんだけど、重《おも》くて持《も》って帰《かえ》りにくいから五冊《さつ》にしてるんです」

お姉《ねえ》さんはうんうんとうなずいてくれた。いつだって子《こ》どもの私《わたし》の話《はなし》も楽《たの》しそうに聞《き》いてくれる。作家《さっか》になれなかったら、司書《ししょ》を目指《めざ》すのもいいなぁ。

子《こ》どもの本《ほん》のコーナーの奥《おく》にある窓際《まどぎわ》のテーブルが、私《わたし》の指定席《していせき》。

今日《きょう》まで借《か》りていた本《ほん》のシリーズのつづきから読《よ》もう。三冊《さつ》まとめて棚《たな》から引《ひ》っ張《ぱ》り出《だ》し、テーブルに積《つ》み上《あ》げた。

ふと、顔《かお》を上《あ》げる。

本《ほん》を読《よ》んでいると時間《じかん》を忘《わす》れてしまう。あれからどれぐらいたっただろう。

見回《みまわ》すと、少《すこ》し離《はな》れた所《ところ》に男《おとこ》の子《こ》がいた。

男《おとこ》の子《こ》は、せまい子《こ》どもの本《ほん》のコーナーをぐるぐると歩《ある》き回《まわ》っている。思《おも》わずクスッと笑《わら》ってしまった。

よく見《み》ると、自転車置《じてんしゃお》き場《ば》で会《あ》った子《こ》だった。時々本《ときどきほん》に手《て》を伸《の》ばすものの、すぐに棚《たな》に沿《そ》ってそろりそろりと歩《ある》き始《はじ》める。

探《さが》している本《ほん》が見《み》つからないのかな。でも、私《わたし》には関係《かんけい》ない。そう思《おも》って物語《ものがたり》のつづきを読《よ》み始《はじ》めた。けれど、男《おとこ》の子《こ》の足音《あしおと》が気《き》になってなかなか集中《しゅうちゅう》できない。早《はや》く本《ほん》を選《えら》んで座《すわ》るなり帰《かえ》るなりしてよって感《かん》じだ。

気《き》にしないようにがんばってみたけれど、しばらくして我慢《がまん》できなくなった。立《た》ち上《あ》がって、男《おとこ》の子《こ》の背後《はいご》に近付《ちかづ》く。

「本《ほん》を探《さが》してるなら、検索用《けんさくよう》のコンピューターがあるよ」

私《わたし》、本当《ほんとう》は知《し》らない人《ひと》に声《こえ》をかけるようなタイプじゃないんだけど。だからって、ここは私《わたし》の庭《にわ》のような所《ところ》。だれにも邪魔《じゃま》されたくないんだ。

振《ふ》り返《かえ》った男《おとこ》の子《こ》は、まばたきを何度《なんど》もした。私《わたし》の顔《かお》、ちゃんと笑《わら》ってるよね。怒《おこ》っていたり、苦笑《にがわら》いしていたりしてないよね。

「えっと、いやぁ、そういうことじゃないんだけど……」

よく聞《き》いてみると、特定《とくてい》の本《ほん》を探《さが》しているわけではないそうだ。ただ、おもしろい本《ほん》を読《よ》みたいとのこと。

それを聞《き》いた瞬間《しゅんかん》、私《わたし》の中《なか》で男《おとこ》の子《こ》のイメージがスイッチを切《き》り替《か》えたかのように変《か》わった。どう変《か》わったかって、自分《じぶん》の庭《にわ》をうろうろしてた野良猫《のらねこ》から、この庭《にわ》の主《ぬし》である私《わたし》をはるばる訪《たず》ねてきた旅人《たびびと》ってところかな。

「まかせて！」

ようやく、必要《ひつよう》とされる時《とき》がやってきたんだ。私《わたし》にとって命《いのち》の次《つぎ》くらいに大切《たいせつ》なノートを、おもむろにかばんから取《と》り出《だ》した。

このノートには、今《いま》まで読《よ》んだ本《ほん》のことを記録《きろく》している。本《ほん》のタイトル、読《よ》み終《お》わった日付《ひづけ》、そして簡単《かんたん》なストーリーと感想《かんそう》などだ。もうこれで六冊目《さつめ》になる。

「それ、何《なん》のノート?」

男《おとこ》の子《こ》がのぞきこんできた。とっさに隠《かく》す。でも、自慢《じまん》したいような気持《きも》ちにもなって手《て》をのけた。

「これはね、私《わたし》が読《よ》んだ本《ほん》の記録《きろく》ノートなの」

男《おとこ》の子《こ》は、こんなに読《よ》んだのかと驚《おどろ》いてくれた。

「この星《ほし》のマークが多《おお》いほど、おもしろいの?」

「うん、おもしろいっていうか、おすすめってとこかな。ゲラゲラ笑《わら》えるような話《はなし》じゃなくてもいいんでしょ」

「できれば笑《わら》えるやつの方《ほう》がいいんだけど……」

ため息《いき》をついた私《わたし》を、男《おとこ》の子《こ》はおどおどしながら見《み》ている。

「じゃあ、これと、これと、これと、これ、読《よ》んでみて」

もう何度《なんど》も読《よ》んでいる本《ほん》ばかりなので、置《お》いてある場所《ばしょ》もわかっている。すぐにテーブルの上《うえ》に四冊集《さつあつ》めてきた。

「こんなにあるの？」

せっかくすすめてあげてるのに、男《おとこ》の子《こ》の顔《かお》はげんなりしている。

「たくさんある方《ほう》がいいじゃない」

私《わたし》には、どうしてそんな顔《かお》するのかわからない。

男《おとこ》の子《こ》は、ピックアップした本《ほん》の中《なか》で一番《いちばん》うすくてカラフルな本《ほん》を選《えら》んで借《か》りた。せっかく四冊《さつ》もすすめたのに、一冊《さつ》だけ。

帰《かえ》り道《みち》、ずっといっしょだと思《おも》っていたら、なんと同《おな》じマンション。それに、隣《となり》の部屋《へや》だった。お姉《ねえ》ちゃんが言《い》ってた男《おとこ》の子《こ》って、この子《こ》だったんだ。さっきまで年下《としした》かと思《おも》っていたのに、お姉《ねえ》ちゃんの情報《じょうほう》が正《ただ》しければ同級生《どうきゅうせい》だ。

私《わたし》がお隣《となり》さんだったことによほど驚《おどろ》いたのか、男《おとこ》の子《こ》は急《きゅう》にテンションが高《たか》くなった。うちのドアの前《まえ》で、私《わたし》はもう帰《かえ》ろうとしているのに、いくつも質問《しつもん》してくる。

「どこから引《ひ》っ越《こ》してきたの？」

「学校《がっこう》はどこ？」

夏の読書感

「お姉《ねえ》さんと、年《とし》、離《はな》れてるね」

「夏休《なつやす》みの宿題《しゅくだい》って、転校生《てんこうせい》はあるの？」

やっぱりお姉《ねえ》ちゃんはもう会《あ》っていたんだ。思《おも》わず苦笑《にがわら》いが込《こ》み上《あ》げる。

「お姉《ねえ》さんに、この前《まえ》は外国《がいこく》のチョコ、ありがとうって言《い》っておいて」

男《おとこ》の子《こ》は私《わたし》の最低限《さいていげん》の答《こた》えを聞《き》いた後《あと》、そう言《い》って先《さき》にうちに帰《かえ》っていった。

マンションの廊下《ろうか》に一人残《のこ》された私《わたし》。外国《がいこく》のチョコ？　私《わたし》にくれたのといっしょのかな。

肩《かた》にかけているかばんが、やけに軽《かる》いなと思《おも》ってのぞいてみる。しまった。今日《きょう》は借《か》りるのを忘《わす》れてた。

矢吹凛太君《やぶきりんたくん》、か。苦手《にがて》なタイプだ。

Rin 3

転校生《てんこうせい》はお隣《となり》さん

「このケーキ、どうしたの？」

晩《ばん》ご飯《はん》を待《ま》つ間《あいだ》、おなかがすいたと言《い》ったら出《で》てきたのは、バナナケーキだった。

「百恵《ももえ》さんのお手製《てせい》なの。ニュージーランドに住《す》んでた時《とき》に、向《む》こうの人《ひと》にレシピを教《おし》えてもらったんだって」

と、お母《かあ》さん。

「百恵《ももえ》さんって、だれ？」

きれいにスライスされたバナナがきれいに並《なら》んでいて、見《み》るからに大人《おとな》が好《す》きそうなオシャレなケーキ。てっきり甘《あま》さひかえめかと思《おも》ったら、ぼくの好《す》きな感《かん》じだった。

「お隣《となり》の奥《おく》さんよ。外国《がいこく》で長《なが》く暮《く》らしていたからファーストネームの方《ほう》が呼《よ》びやすいとかで、お母《かあ》さんのことも名前《なまえ》で呼《よ》んでもらうことになったの。今日《きょう》はお話《はな》しして、すっかり仲《なか》よくなっちゃったわ。千織《ちおり》ちゃんと万緒《まお》ちゃんっていう娘《むすめ》さんがいてね、万緒《まお》ちゃんはあんたと同《おな》い年《どし》みたいよ」

お母《かあ》さんは今日《きょう》お呼《よ》ばれしたのがよほど楽《たの》しかったらしく、上機嫌《じょうきげん》。この前《まえ》まで、どんな人《ひと》かわからないって警戒《けいかい》してたのに。

今日《きょう》の晩《ばん》ご飯《はん》は、煮魚《にざかな》だった。魚《さかな》は骨《ほね》が多《おお》くて苦手《にがて》だ。それに、どちらかというと焼《や》き魚《ざかな》の方《ほう》が好《す》きなので、ぼくのテンションは下《さ》がってしまった。おいしいケーキを先《さき》に食《た》べた後《あと》だったから、なおさら。ぼく、好《す》きなものは最後《さいご》に食《た》べる派《は》なのに。

食《た》べ終《お》わった後《あと》、自分《じぶん》の部屋《へや》でかばんから今日《きょう》借《か》りた本《ほん》を取《と》り出《だ》す。表紙《ひょうし》をめくると、目次《もくじ》が十四もあった。おもしろいって、古屋万緒《ふるやまお》さんは言《い》ってたけど、ほんとかな。それに、こうも言《い》っていた。

「本《ほん》を読《よ》み始《はじ》める時《とき》って、プレゼントの箱《はこ》を開《あ》ける瞬間《しゅんかん》に似《に》てる」

ぼくには夏休《なつやす》みの宿題《しゅくだい》として配《くば》られたワークブックの表紙《ひょうし》をめくる瞬間《しゅんかん》っていう表現《ひょうげん》の方《ほう》がしっくりくるのに。

一瞬《いっしゅん》、ここはどこだろうと思《おも》った。

見回《みまわ》すと、見慣《みな》れた自分《じぶん》の部屋《へや》だった。

あれからどれくらいたったんだろう。時計《とけい》を見《み》てびっくりした。日付《ひづけ》がかわっていた。

そういえば何回《なんかい》かお母《かあ》さんが来《き》て、お風呂《ふろ》に入《はい》るように言《い》われた気《き》がする。

あれ、今《いま》まで何《なに》をしていたんだろう。夢《ゆめ》でも見《み》ていたのかな。

いや、ちがった。あぐらをかいた足《あし》の上《うえ》には、半分《はんぶん》を過《す》ぎたくらいのところで開《ひら》かれた本《ほん》。そうだ、ずっとこの本《ほん》を読《よ》んでいたんだ。

口《くち》の辺《あた》りに違和感《いわかん》があったので、触《さわ》ってみた。鼻《はな》の穴《あな》まで大《おお》きくなっている気《き》がする。

鏡《かがみ》を見《み》なくても、自分《じぶん》が笑《わら》っているのがわかった。使《つか》うとお母《かあ》さんがいやがるから、めったに言《い》うことがない言葉《ことば》が頭《あたま》に浮《う》かんだ。やばい。

古屋万緒《ふるやまお》さんが言《い》ったとおり、ゲラゲラ笑《わら》えるようなおもしろさではないけれど、この本《ほん》は、おもしろい。

本《ほん》は残《のこ》り半分《はんぶん》くらい。

いつもなら「まだ半分《はんぶん》もある」とげんなりするところだけれど、今日《きょう》はなぜだか「あと半分《はんぶん》しかない」って思《おも》った。読《よ》み終《お》わってしまうのが少《すこ》しもったいない、そんな感《かん》じ。でも、先《さき》が気《き》になるからやっぱり早《はや》く読《よ》んでしまいたい。

と思《おも》うものの、急《きゅう》に眠気《ねむけ》が襲《おそ》ってきた。ぼくは読《よ》みかけの本《ほん》の間《あいだ》にうちわをはさみ、ベッドに横《よこ》になった。

次《つぎ》の日《ひ》の朝《あさ》は、あまり寝《ね》ていないはずなのに寝覚《ねざ》めがよかった。自分《じぶん》でもびっくりだ。いつもなら真《ま》っ先《さき》に朝《あさ》ご飯《はん》を食《た》べにリビングへ行《い》くのに、今日《きょう》は無意識《むいしき》のうちに本《ほん》に手《て》を伸《の》ばしていた。

そして、いっきに読《よ》んでしまった。

最後《さいご》のページをめくった時《とき》、終《お》わってしまったことが残念《ざんねん》なような、ちょっと安心《あんしん》したような、今《いま》まで味《あじ》わったことのない不思議《ふしぎ》な感覚《かんかく》がした。

古屋万緒《ふるやまお》さんの顔《かお》を思《おも》い出《だ》した。この本《ほん》を紹介《しょうかい》してくれた時《とき》の、生《い》き生《い》きとした笑顔《えがお》だ。今《いま》ならわかる。ぼくもこの本《ほん》のことをだれかに話《はな》したくなった。

そうか。この本《ほん》で宿題《しゅくだい》の読書感想文《どくしょかんそうぶん》を書《か》けばいいんだ。今《いま》までは、感想文《かんそうぶん》を書《か》くために読《よ》んできた。だから、こんなことは初《はじ》めてだった。書《か》くのはやっぱり苦手《にがて》だけど、感想《かんそう》をだれかに話《はな》したくてたまらなくなるなんて。

夏休《なつやす》みが終《お》わる三日前《かまえ》、直政《なおまさ》がうちにやって来《き》た。

「読書感想文《どくしょかんそうぶん》、書《か》くの手伝《てつだ》って」

そろそろ来《く》る頃《ころ》だと思《おも》っていた。毎年《まいとし》のことだからね。

「本《ほん》はもう決《き》めてるの？」

「うん」

「もう読《よ》んだ？」

「今年《ことし》はこいつにしようと思《おも》ってるんだ」

直政《なおまさ》がかばんから取《と》り出《だ》したのは、国語《こくご》の教科書《きょうかしょ》だった。今年《ことし》はそうきたか……。

「それは、ちょっとどうかと思《おも》うけど……」

一学期《がっき》に習《なら》った作品《さくひん》にすごく感動《かんどう》したからさぁ、と言《い》うわりに、直政《なおまさ》はその物語《ものがたり》のタイトルもうろ覚《おぼ》えだった。

「やっぱりダメかな」

「うーん」

去年《きょねん》はいとこのお姉《ねえ》さんの感想文《かんそうぶん》を写《うつ》そうとしていたから、それに比《くら》べればずいぶんとましだけど。

「じゃあ、これは？」

次《つぎ》に直政《なおまさ》が取《と》り出《だ》したのは、ＤＶＤ《ディーブイディー》。

「これ、原作《げんさく》が小説《しょうせつ》なんだって」

直政《なおまさ》なりに考《かんが》えた読書感想文攻略法《どくしょかんそうぶんこうりゃくほう》だったのだろう。いい方法《ほうほう》だとは思《おも》った。でも、それを認《みと》めてしまうとまじめに取《と》り組《く》んだ自分《じぶん》がばかみたいだ。

「それにしても、なんで感想文《かんそうぶん》なんて宿題《しゅくだい》あるんだろうな。それも毎年《まいとし》」

直政《なおまさ》も、ぼくと同《おな》じことを考《かんが》えていたようだ。

「だれかに教《おし》えたくなるくらい、おもしろい本《ほん》を見《み》つけるためなんじゃないの」

これが、今《いま》のところのぼくの答《こた》えだ。直政《なおまさ》は納得《なっとく》いかないような顔《かお》をした後《あと》、「めんどうくさい」とうなだれていた。

「凛太《りんた》はどんな本《ほん》で書《か》いたの？」

「これ」

ぼくは読書感想文《どくしょかんそうぶん》を書《か》くために、この前借《まえか》りた本《ほん》を書店《しょてん》で買《か》っていた。

「どんな話《はなし》？　おもしろかった？」

表紙《ひょうし》の絵《え》が気《き》に入《い》ったのか、手《て》に取《と》ってしげしげと見《み》ている。

　結局《けっきょく》、直政《なおまさ》はぼくと同《おな》じ本《ほん》で読書感想文《どくしょかんそうぶん》を書《か》くことになった。あれからあらすじを軽《かる》く話《はな》すと、もっと詳《くわ》しく聞《き》きたいと言《い》い出《だ》し、最後《さいご》には自分《じぶん》で読《よ》み始《はじ》めたのだ。

　直政《なおまさ》の真剣《しんけん》な横顔《よこがお》なんて、久々《ひさびさ》に見《み》た。いや、前《まえ》は夏休《なつやす》みの算数《さんすう》の宿題《しゅくだい》を写《うつ》している時《とき》だったからそんなにたってないか。


　新学期《しんがっき》が始《はじ》まった。

　隣《となり》のうちの古屋万緒《ふるやまお》さんは、なんと同《おな》じクラスになった。転校生《てんこうせい》だとみんなの前《まえ》で先生《せんせい》に紹介《しょうかい》された時《とき》、手《て》を振《ふ》って見《み》せた。でも、不思議《ふしぎ》なことに気付《きづ》いてくれなかった。

　本《ほん》のお礼《れい》が言《い》いたかったぼくは、何度《なんど》も話《はな》しかけるタイミングをはかった。けれど、古《ふる》屋《や》さんはずっと女子《じょし》に囲《かこ》まれていたので、あっという間《ま》に一か月《げつ》近《ちか》くたってしまった。古《ふる》屋《や》さんも、ぼくが同《おな》じクラスだってわかってるはずなのに、何《なに》も言《い》ってきてくれない。

　けれど、チャンスはきた。週末《しゅうまつ》の夕方《ゆうがた》、お母《かあ》さんに頼《たの》まれて、おばあちゃんから箱《はこ》で届《とど》いた梨《なし》をおすそわけすることになったのだ。

　インターホンを押《お》すと、千織《ちおり》さんが出《で》てきた。お風呂上《ふろあ》がりなのか、髪《かみ》はぬれていて、肩《かた》にタオルがかかっていた。

「梨《なし》、私《わたし》の大好物《だいこうぶつ》なんだ。ありがとう、リンちゃん」

と、その時《とき》、千織《ちおり》さんの携帯電話《けいたいでんわ》に電話《でんわ》がかかってきた。ちょっと待《ま》ってて と目《め》で合図《あいず》する千織《ちおり》さん。

千織《ちおり》さんは、外国《がいこく》の言葉《ことば》をしゃべっていた。多分《たぶん》、英語《えいご》じゃない。ぼくは電話《でんわ》が終《お》わるまで、千織《ちおり》さんの真剣《しんけん》な横顔《よこがお》をじっと見《み》ていた。

「今《いま》の、何語《なにご》ですか?」

「ごめんね。仕事《しごと》の電話《でんわ》だったの。今《いま》のは中国語《ちゅうごくご》だよ」

「中国語《ちゅうごくご》、しゃべれるんですね。すごい!」

「英語《えいご》の方《ほう》が得意《とくい》なんだけどね。パパの仕事《しごと》で、九歳《さい》までニュージーランドに住《す》んでいたから。でも、一番《いちばん》の友達《ともだち》は中国人《ちゅうごくじん》なの。だから独学《どくがく》で勉強《べんきょう》したんだ」

ニュージーランドは、日本のずっと南《みなみ》にある島国《しまぐに》だと千織《ちおり》さんが教《おし》えてくれた。

「古屋《ふるや》さん……万緒《まお》さんはいますか?」

今日《きょう》こそ、お礼《れい》を言《い》わなくちゃ。

「万緒《まお》なら、今出《いまで》かけてるわよ。図書館《としょかん》じゃないかな。そういえば、同《おな》じクラスになった

んだってね」

やっぱりぼくが同《おな》じ教室《きょうしつ》にいるって、わかってたんだ。避《さ》けられるようなこと、してないと思《おも》うんだけどなぁ。

「ちょっとお礼《れい》が言《い》いたくて」

図書館《としょかん》で出会《であ》ったところから、事情《じじょう》を話《はな》した。

「そうだ」

急《きゅう》に千織《ちおり》さんがうちの奥《おく》へ入《はい》っていった。そして、すぐに戻《もど》ってきた。

「読《よ》んでみて」

「これ、何《なん》ですか？」

渡《わた》されたのは、大《おお》きくて茶色《ちゃいろ》い封筒《ふうとう》だった。

「新進気鋭《しんしんきえい》の小説家《しょうせつか》の作品《さくひん》なの。おもしろいから、リンちゃんにも読《よ》んでほしくて。最新《さいしん》作《さく》なんだよ」

うちに帰《かえ》って中《なか》を見《み》てみると、黒《くろ》い文字《もじ》が隙間《すきま》なく印刷《いんさつ》された紙《かみ》が数枚入《すうまいはい》っていた。挿《さし》絵《え》は一つもない。

前《まえ》までなら、いくら千織《ちおり》さんにすすめられても読《よ》まなかっただろう。けれど、今《いま》のぼくは何《なん》のためらいもなく読《よ》み始《はじ》めた。

物語《ものがたり》の主人公《しゅじんこう》は、マミカという小学《しょうがく》五年生《ねんせい》の女《おんな》の子《こ》だった。マミカは親友《しんゆう》のサオリと毎《まい》日楽《にちたの》しそうにしていた。マミカとサオリのおしゃべりなんて、うちのクラスの女子《じょし》も話《はな》していそうなくらいリアルだ。

でも、読書感想文《どくしょかんそうぶん》を書《か》いた本《ほん》に比《くら》べると、あまりおもしろくなかった。いや、正直《しょうじき》つまらなかった。女《おんな》の子《こ》の友情《ゆうじょう》を書《か》きたいい話《はなし》なんだけど、のほほんとしすぎていて、早《はや》く先《さき》を読《よ》みたいとは思《おも》わせてくれないのだ。まだ物語《ものがたり》はつづくみたいだから、この先《さき》どうなるかはわからないけれど。


「リンちゃん、こんばんは」

あれから何日《なんにち》かたった夜《よる》、マンションの前《まえ》で千織《ちおり》さんに会《あ》った。ぼくは習《なら》い事《ごと》のスイミングスクールの帰《かえ》りだった。

「千織《ちおり》さん、こんばんは」

千織《ちおり》さんは、電車《でんしゃ》やバスでよく見《み》るピシッとしたジャケット姿《すがた》。

ぼくたちはエレベーターに乗《の》った。

「どこに行《い》ってたの？」

千織《ちおり》さんが、ぼくのまだ乾《かわ》いていない髪《かみ》に目《め》をやる。

「スイミングスクールです。千織《ちおり》さんは？」

「私《わたし》は仕事《しごと》の帰《かえ》り」

千織《ちおり》さんは、外国人《がいこくじん》が日本語《ご》を習《なら》う学校《がっこう》の事務員《じむいん》として働《はたら》いているそうだ。だから外国《がいこく》のお土産《みやげ》をもらうことが多《おお》いらしい。

「そういえば、読《よ》んだ？」

「はい……」

あまりおもしろくなかったとは言《い》えず、ぼくは口《くち》ごもった。

「じゃあ、後《あと》でつづきを持《も》っていくね。急展開《きゅうてんかい》するのよ」

そう言《い》って、さっと自分《じぶん》のうちへ入《はい》っていった。もういいです、と言《い》う暇《ひま》もなかった。

うちに帰《かえ》って洗面所《せんめんじょ》で水着《みずぎ》を洗《あら》っていると、インターホンが鳴《な》った。

「リンちゃん、水泳《すいえい》はどれぐらいやってるの？」

手渡《てわた》された茶色《ちゃいろ》い封筒《ふうとう》は、前《まえ》のよりも分厚《ぶあつ》かった。急展開《きゅうてんかい》って言《い》ってたけど、ということはおもしろくなってきたってことなのかな。それならもう少《すこ》し読《よ》んでみようかな。

「幼稚園《ようちえん》の時《とき》からだから、八年《ねん》ぐらいです」

水泳《すいえい》を始《はじ》めた時《とき》は小《ちい》さすぎて、実《じつ》は覚《おぼ》えていない。三歳《さい》から始《はじ》めたというのも、後《あと》からお母《かあ》さんから聞《き》いた話《はなし》だ。

「そんなに長《なが》くつづけてるなんて、すごいね。私《わたし》、泳《およ》げないんだ。だから、泳《およ》げる人《ひと》ってほんと尊敬《そんけい》。スイスイーって泳《およ》げたら、気持《きも》ちいいだろうなとは思《おも》うんだけど、練習《れんしゅう》する機会《きかい》がなくてね」

今《いま》まで大人《おとな》に「尊敬《そんけい》」なんて言《い》われたことがなかったので、恥《は》ずかしくなって下《した》を向《む》いた。

水泳《すいえい》は全身運動《ぜんしんうんどう》だから発育《はついく》にいいとか何《なん》とか、難《むずか》しいことをお母《かあ》さんは言《い》っていた。だから、スイミングスクールに通《かよ》わせることにしたと。最初《さいしょ》は顔《かお》に水《みず》がちょっとかかるだけで泣《な》きべそをかいていたそうだ。もちろん今《いま》は、水《みず》なんてこわくない。

覚《おぼ》えてないくらい小《ちい》さい頃《ころ》からつづけているから、今《いま》でもずっと通《かよ》っているってだけで、水泳《すいえい》を特別楽《とくべつたの》しいとか気持《きも》ちいいとか思《おも》ったことはなかった。ご飯《はん》の前《まえ》に手《て》を洗《あら》ったり、歯《は》をみがいたりするのと同《おな》じくらい、ぼくの日常《にちじょう》では当《あ》たり前《まえ》になっていたから。

水泳《すいえい》、これからもつづけていくのかな。自分《じぶん》のことなのに、ふとこんなことを思《おも》った。

玄関《げんかん》には、もうお母《かあ》さんのブーツが出《で》ていた。ぼくは今《いま》、素足《すあし》だ。泳《およ》いだ後《あと》サウナに入《はい》るのがお約束《やくそく》なので、体《からだ》はまだ温《あたた》かい。

「また今度《こんど》、お話《はなし》のつづきを渡《わた》す時《とき》、感想《かんそう》聞《き》かせてね」

ハッとして顔《かお》を上《あ》げたけれど、もうそこに千織《ちおり》さんはいなかった。

そういえば、まだ古屋万緒《ふるやまお》さんにありがとうと言《い》えてない。夏休《なつやす》みが終《お》わってから、もうずいぶんとたつ。運動会《うんどうかい》まで終《お》わってしまった。お礼《れい》を言《い》うべき時期《じき》は、もうすっかり過《す》ぎている。

ため息《いき》を一つつくと、ひんやりとした夜《よる》の風《かぜ》が、首筋《くびすじ》をかすめた。くしゃみをすると、ちょっとだけ鼻水《はなみず》が出《で》た。

Mao 4 理想《りそう》の親友《しんゆう》

新《あたら》しい学校《がっこう》には、すぐ慣《な》れた。

矢吹君《やぶきくん》とは、まさかの同《おな》じクラスになった。彼《かれ》は良《よ》くも悪《わる》くもクラスで浮《う》いた存在《そんざい》ではないけれど、からかわれてもやっかいだし、極力関《きょくりょくかか》わらないようにしている。矢吹君《やぶきくん》も私《わたし》の気持《きも》ちをくんでくれているのか、話《はな》しかけてこなかった。

けれど、クラスの女子《じょし》たちがすぐによってきてくれたので、毎日快適《まいにちかいてき》に過《す》ごしている。

「快適《かいてき》」って言葉《ことば》が、ぴったりだと思《おも》うんだ。ふつうなら、ここは「楽《たの》しく過《す》ごしている」とか、「仲《なか》よくしている」とか言《い》うのかもしれない。けれど、この表現《ひょうげん》は親友《しんゆう》ができた時《とき》にとっておきたいんだよね。

私《わたし》の六年《ねん》一組《くみ》は、みんな仲《なか》がいいように見《み》える。男子《だんし》も女子《じょし》も、どこかの友達《ともだち》グループに入《はい》っている。私《わたし》はクラスのリーダー的存在《てきそんざい》の片倉真由里《かたくらまゆり》ちゃんのグループに落《お》ち着《つ》いていた。グループと言《い》っても、真由里《まゆり》ちゃんと、そのおさななじみの植村《うえむら》すみれちゃんと私《わたし》の三人《にん》なんだけど。

「ミッチーって、かっこいいよねー。ミッチーみたいな彼氏《かれし》がほしーい」

さっきの授業《じゅぎょう》は、「教育実習《きょういくじっしゅう》」をしている溝口先生《みぞぐちせんせい》の授業《じゅぎょう》だった。溝口先生《みぞぐちせんせい》は大学生《だいがくせい》で、小学校《しょうがっこう》の先生《せんせい》になるために、しばらく担任《たんにん》の木下先生《きのしたせんせい》について勉強《べんきょう》するんだそう。最近《さいきん》話題《わだい》の俳優《はいゆう》に似《に》ているので、女子《じょし》に人気《にんき》があった。

ミッチーというのはニックネームで、真由里《まゆり》ちゃんが付《つ》けた。

「真由里《まゆり》、昨日《きのう》は二組《くみ》の江本先生《えもとせんせい》がかっこいいって言《い》ってなかった？」

すかさずすみれちゃんがぼそりとつぶやく。江本先生《えもとせんせい》も、教育実習《きょういくじっしゅう》の先生《せんせい》の一人だ。

「エモちゃんもいいんだけどねー。ほら、ミッチーの方《ほう》が笑《わら》うと顔《かお》がくしゃってなってかわいいでしょ」

「私《わたし》はどっちでもいいけどね」

もうこの話題《わだい》には興味《きょうみ》ないようで、すみれちゃんは次《つぎ》の授業《じゅぎょう》の教科書《きょうかしょ》やらノートやらを気《け》だるげに机《つくえ》から出《だ》す。

「万緒《まお》ちゃんは、どっちがかっこいいと思《おも》う？」

真由里《まゆり》ちゃんは、目《め》で「ミッチーだよね？」と言《い》っていた。

「うーん、どっちもかっこいいけど、私《わたし》もミッチーかなぁ」

正直《しょうじき》なところ、私《わたし》もどうでもよかった。

「だよねー」

真由里《まゆり》ちゃんの笑顔《えがお》を見《み》ながら、私《わたし》もすみれちゃんみたいに答《こた》えられたらなぁと思《おも》う。

すみれちゃんの言葉《ことば》は、いつも甘《あま》くない。でも、素《す》の自分《じぶん》というか、飾《かざ》り立《た》てていないというか、本心《ほんしん》で話《はな》してるって感《かん》じがする。まさに、お姉《ねえ》ちゃんにもらったビターチョコレートみたいなのだ。ちゃんとチョコレート本来《ほんらい》の味《あじ》がわかる。

私《わたし》はすみれちゃんみたいにはなれない。心《こころ》が少《すこ》しだけモヤッとする。

「明日《あした》になったら、また江本先生《えもとせんせい》の方《ほう》がいいとか言《い》いそう」

そう言《い》って意地悪《いじわる》く笑《わら》ったすみれちゃんに、真由里《まゆり》ちゃんはわざと頬《ほお》をぷくっとふくらませて見《み》せた。

まるで私《わたし》の物語《ものがたり》に出《で》てくるマミカとサオリみたいだ。二人は、私《わたし》にとって理想的《りそうてき》な親友《しんゆう》同士《どうし》。小《ちい》さい頃《ころ》からずっといっしょにいるからかな。見《み》ていてうらやましくなる。

新《あたら》しい学校《がっこう》に来《き》て半月《はんつき》がたった頃《ころ》、私《わたし》はいいことを思《おも》いついた。物語《ものがたり》の主人公《しゅじんこう》、マミカのモデルを自分《じぶん》からすみれちゃんに変《か》えるのだ。どうして真由里《まゆり》ちゃんじゃなくてすみれちゃんかというと、真由里《まゆり》ちゃんのお嬢様《じょうさま》っぽいところがサオリに似《に》ていたからだ。だから自動的《じどうてき》にマミカはすみれちゃん。

ここ数日《すうじつ》、物語《ものがたり》をどう進《すす》めていいかわからず、一行《ぎょう》も書《か》けなかった。けれど、主人公《しゅじんこう》のモデルを変《か》えてから、一日何行《にちなんぎょう》も書《か》けるようになった。真由里《まゆり》ちゃんとすみれちゃんがしていたことや、話《はな》してもらった思《おも》い出話《でばなし》なんかを参考《さんこう》にして書《か》いているんだから当然《とうぜん》かもしれない。

これじゃあ、物語《ものがたり》じゃなくてノンフィクション？　でも、まぁいいか。お姉《ねえ》ちゃん以《い》外《がい》、だれに見《み》せるわけでもないんだし。

けれど、すぐにまた書《か》けなくなってしまった。なぜなら、モデルたちの様子《ようす》がおかしくなったからだ。

「万緒《まお》ちゃんのこと、まおりんって呼《よ》んでもいい？」

運動会《うんどうかい》の練習《れんしゅう》で、その日《ひ》は午後《ごご》からずっと運動場《うんどうじょう》でダンスの猛特訓《もうとっくん》。私《わたし》たちは休憩《きゅうけい》になる度《たび》に、日《ひ》に焼《や》けないように校舎《こうしゃ》の陰《かげ》にかけていった。

サオリ
真由里
マミカ
わたし
すみれ
リサ
わたし

「え？」

私《わたし》は汗《あせ》ふきタオルから顔《かお》を上《あ》げた。

「まおりんって、かわいい響《ひび》きだと思《おも》わない？」

日焼《ひや》け止《ど》めクリームを腕《うで》に塗《ぬ》り直《なお》しながら、真由里《まゆり》ちゃんはつづける。

「私《わたし》のことも、まゆりんって呼《よ》んでいいよ」

いきなりのことに、私《わたし》はびっくりしてすみれちゃんの方《ほう》を見《み》た。すみれちゃんも驚《おどろ》いた顔《かお》をしていた。だって「まゆりん」だなんて、クラスの友達《ともだち》はもちろん、一番《いちばん》の友達《ともだち》のすみれちゃんだって呼《よ》ばないニックネームだ。

「う、うん」

ぎこちなく答《こた》えながら、すみれちゃんの様子《ようす》をうかがった。何《なに》か言《い》いたげだったけれど、不思議《ふしぎ》そうな顔《かお》をしただけだった。

こんな小《ちい》さなことが、二人の関係《かんけい》を大《おお》きく変《か》えてしまうきっかけになるなんて、この時《とき》は想像《そうぞう》もしなかった。

「まゆりん」

言《い》われたように呼《よ》ぶと、真由里《まゆり》ちゃんはとってもうれしそうで、「まおりん」と笑顔《えがお》で返《かえ》してくれる。前《まえ》の学校《がっこう》でもニックネームで呼《よ》ぶ友達《ともだち》はいたけれど、今《いま》まで呼《よ》ばれることはなかったので、新鮮《しんせん》だった。そして、うれしくもあった。なにしろ初《はじ》めてのことだったので、本当《ほんとう》の友達《ともだち》に近付《ちかづ》けたような気《き》がしたのだ。

私《わたし》は他《ほか》のクラスメートの前《まえ》でも、クラスのリーダーのことを「まゆりん」と呼《よ》んだ。

「私《わたし》も真由里《まゆり》ちゃんのこと、まゆりんって呼《よ》びたーい」

すぐにこんな風《ふう》に言《い》う子《こ》が出《で》てきた。

「いいよー。みんなも呼《よ》んでね」

まゆりんは、こうにこやかに答《こた》えていた。私《わたし》だけに許《ゆる》されたニックネームかとちょっと期待《きたい》していたから、少《すこ》しだけがっくりきた。

「真由里《まゆり》は気《き》まぐれだから、すぐに『やっぱりヤダ』とか言《い》い出《だ》すよ」

すみれちゃんはこう言《い》って小《ちい》さくため息《いき》をついていた。

けれど、すみれちゃんの予想《よそう》は外《はず》れた。運動会《うんどうかい》が終《お》わっても、まゆりんはそんなことは言《い》わなかったのだ。

クラスでまゆりんと呼《よ》ばないのは、とうとうすみれちゃんだけになっていた。

「すみれも私《わたし》のこと、まゆりんって呼《よ》んでよー」

まゆりんはそう言《い》ったけれど、すみれちゃんは「呼《よ》びにくい」とか何《なん》とか言《い》って、呼《よ》ばない。小《ち》さい頃《ころ》からの付《つ》き合《あ》いだから、今《いま》さら変《か》えにくいのかもしれない。

きっと、理由《りゆう》はこれだけだった。

でも、まゆりんにはわからなかったみたいだ。私《わたし》と二人になると、すみれちゃんの悪口《わるぐち》を言《い》うようになった。

「すみれって、頑固《がんこ》なところがあるから」

最初《さいしょ》はこんな感《かん》じで、口調《くちょう》はやさしかった。けれど、

「すみれって、絶対先生《ぜったいせんせい》ウケねらってるよね。さっきの授業《じゅぎょう》の後《あと》だって、ミッチーが職員《しょくいん》室《しつ》に戻《もど》る時《とき》に荷物《にもつ》持ちしてたし」

と、こんな風《ふう》にニックネームとは関係《かんけい》ないことまで言《い》うようになったのだ。

「すみれちゃんは親切《しんせつ》にしただけだと思《おも》う」

こう言《い》いそうになったけれど、ぐっと言葉《ことば》をのみこむ。

私《わたし》は、私《わたし》が一番大事《いちばんだいじ》だ。

もし余計《よけい》なことを言《い》ってまゆりんの機嫌《きげん》を損《そこ》ねたら、ひとりぼっちになってしまう。親《しん》友《ゆう》をつくる夢《ゆめ》がかなえられなくても、せめて毎日《まいにち》を快適《かいてき》には過《す》ごしていたい。

「たしかに、すみれちゃんってどの先生《せんせい》にも気《き》に入《い》られてるよね」

こう返《かえ》すしかなかった。すみれちゃんが先生《せんせい》たちから一目置《いちもくお》かれていることはクラスのだれもがわかっていることだし、これぐらいいいよね。

まゆりんとすみれちゃんの仲《なか》があやしくなってきたので、私《わたし》の物語《ものがたり》は止《と》まってしまった。やっぱり主人公《しゅじんこう》のモデルは私《わたし》のままにしておいた方《ほう》がよかったのかな。だからと言《い》って、モデルを変《か》えてからもうずいぶん書《か》いてしまったから、今《いま》さら戻《もど》せない。

「主人公《しゅじんこう》のマミカの雰囲気《ふんいき》、変《か》わったよね」

私《わたし》のベッドに寝《ね》そべりながら、お姉《ねえ》ちゃんは私《わたし》の物語《ものがたり》を読《よ》んでいる。もう夜《よる》は肌寒《はだざむ》い季《き》節《せつ》なのに、手《て》にはアイスクリーム。早《はや》く読《よ》みたいというので、最近《さいきん》は一章《しょう》書《か》くごとに印《いん》刷《さつ》してわたしていた。

「そう？」

モデルを途中《とちゅう》で変《か》えたなんて言《い》いたくなくて、気付《きづ》かれないようにあわてて宿題《しゅくだい》の算数《さんすう》ドリルを開《ひら》いた。目《め》を合《あ》わせれば、お姉《ねえ》ちゃんには何《なん》でもばれてしまいそう。

「この転校生《てんこうせい》のリサって子《こ》、これからサオリと仲《なか》よくなるんじゃない？　そんな気《き》がする」

ドキッとした。リサのモデルは、今度《こんど》こそ私《わたし》だ。つまり、お姉《ねえ》ちゃんの予想《よそう》が正《ただ》しければ、私《わたし》とまゆりんが仲《なか》よくなるということになる。

「さぁ、どうなるかは書《か》き進《すす》めてみないとわかんない」

ふと、もしかしてまゆりんと親友《しんゆう》になれるかも、なんて思《おも》った。思《おも》い浮《う》かべると、悪《わる》い気《き》はしなかった。

「えっ、考《かんが》えてから書《か》いてるんじゃないの？」

「考《かんが》えてから書《か》く時《とき》もあるけど、だいたいは書《か》いているうちにアイデアが浮《う》かんでくるの。だから、今《いま》はこれからどうなるかわかんない」

横目《よこめ》でそっとお姉《ねえ》ちゃんを見《み》ると、もうアイスクリームを食《た》べ終《お》えていた。指揮者《しきしゃ》のようにアイスクリームの棒《ぼう》をふりながらも、真剣《しんけん》な顔《かお》で物語《ものがたり》を読《よ》んでいる。左右《さゆう》にリズミカルに動《うご》くお姉《ねえ》ちゃんの目《め》。書《か》くのはあんなに時間《じかん》がかかるのに、読《よ》んだらすぐだなぁと、ぼんやり思《おも》った。

「今日《きょう》うちに遊《あそ》びに来《こ》ない？　ママにまおりんのことを話《はな》したら、つれていらっしゃいって。ママのシフォンケーキ、最高《さいこう》なんだよー」

お姉《ねえ》ちゃんの予想《よそう》どおり、私《わたし》はまゆりんとどんどん仲《なか》よくなった。

「え、いいの？」

すみれちゃんの席《せき》が近《ちか》いことに気《き》が付《つ》いて、ひやっとした。ここからだと顔《かお》は見《み》えないけれど、私《わたし》たちのやりとりはすみれちゃんの耳《みみ》に入《はい》っている。いつも真《ま》っ先《さき》にまゆりんに誘《さそ》われるのは、すみれちゃんだったのに。

「すみれちゃんも、呼《よ》んでもいい？」

こう言《い》えたらよかったのに、今回《こんかい》も無理《むり》だった。

私《わたし》はまだ言《い》いたいことを全部《ぜんぶ》言《い》えない。だから、まだ親友《しんゆう》じゃない。まゆりんが私《わたし》と仲《なか》よくしてくれようとするのはうれしいことなんだけど、だからって気《き》を全部《ぜんぶ》許《ゆる》せるほど、私《わたし》の心《こころ》は簡単《かんたん》じゃない。

それに、やっぱりまゆりんはすみれちゃんと親友《しんゆう》でいてくれなきゃ。物語《ものがたり》を進《すす》めるためには、二人の友情《ゆうじょう》が不可欠《ふかけつ》なんだ。

二人はすぐに仲直《なかなお》りするとばかり思《おも》っていた。だって、おさななじみだし、どんなこともわかり合《あ》える親友同士《しんゆうどうし》に見《み》えたもの。こんなの一時的《いちじてき》なことだと、最初《さいしょ》は全然心配《ぜんぜんしんぱい》していなかった。

でも、知《し》らない間《あいだ》に、私《わたし》はまゆりんとまゆりんを支持《しじ》するクラスの女子《じょし》たちと過《す》ごす時《じ》間《かん》が増《ふ》えていた。

いつの間《ま》にこんな大《おお》きなグループになったんだろう。毎日周《まいにちまわ》りにだれかがいて、快適《かいてき》だ。なのに、全然楽《ぜんぜんたの》しくない。

すみれちゃんはというと、一応《いちおう》まだうちのグループにいる。でも、あんまりいっしょに行動《こうどう》しなくなった。教室《きょうしつ》を移動《いどう》する時《とき》も、トイレに行《い》く時《とき》も、今《いま》まではずっとまゆりんの隣《となり》だったのに、グループの一番端《いちばんはし》にいるようになった。

だからといって、寂《さび》しい顔《かお》なんてちっともしていない。ニコニコしているわけでもないけれど。もしかして、すみれちゃんは私《わたし》が思《おも》っているほどこの状況《じょうきょう》を気《き》にしていないのかもしれない。


とうとう私《わたし》は物語《ものがたり》の中《なか》のマミカとサオリもけんかさせることにした。いつまでたってもまゆりんとすみれちゃんが仲直《なかなお》りしてくれないからだ。そして、サオリは転校生《てんこうせい》のリサと仲《なか》よくさせることにした。

ひとりぼっちになったマミカ。マミカの元《もと》モデルは私《わたし》だったということもあり、ちょっとだけ心《こころ》が痛《いた》くなった。物語《ものがたり》の世界《せかい》のことなのに、変《へん》なの。私《わたし》は今《いま》リサなんだから、リサのことだけ考《かんが》えればいいのに。

「急展開《きゅうてんかい》だね！」

何《なに》も知《し》らないお姉《ねえ》ちゃんは、読《よ》むなり声《こえ》を弾《はず》ませた。

「早《はや》くつづきを書《か》いてね！」

そして、もう一度《いちど》読《よ》みたいからとか言《い》って、プリントアウトした物語《ものがたり》を持《も》ってスキップで私《わたし》の部屋《へや》を出《で》て行《い》った。

Rin 5

直政《なおまさ》の本気《ほんき》

おさななじみの直政《なおまさ》は、一年前《ねんまえ》の四月、つまり四年生《ねんせい》になった春《はる》、いきなりぼくが通《かよ》うスイミングスクールにやってきた。

「オレ、水泳《すいえい》を始《はじ》めることにした」

まだまだ肌寒《はだざむ》い、桜《さくら》がちらほらと咲《さ》き始《はじ》めた頃《ころ》だった。

「え、なんで？」

水泳《すいえい》を習《なら》うなら、ぼくの周《まわ》りではぼくも含《ふく》め、小《ちい》さい頃《ころ》から教室《きょうしつ》に通《かよ》う。小学校《しょうがっこう》の中学年《ちゅうがくねん》から始《はじ》める人《ひと》がいるなんて。しかもそれが、飽《あ》き性《しょう》の直政《なおまさ》だとは。

「なんでって……、泳《およ》げるようになりたいからに決《き》まってるだろ」

そりゃあ、そうだろうけれど。

「直政《なおまさ》、泳《およ》げるだろ。なんで今《いま》から始《はじ》めるんだよ」

直政《なおまさ》のことだから、もっとしょうもない理由《りゆう》があるはずだ。

「泳《およ》げるって言《い》っても、たったの五十メートルだからな。しかも、なんとかたどり着《つ》けるって感《かん》じだし」

直政《なおまさ》は、どんなスポーツも得意《とくい》だ。ぼくはそれを、いつもうらやましく思《おも》っていた。

「それだけ泳《およ》げれば、プールの授業《じゅぎょう》だって問題《もんだい》ないだろ」

ぼくたちの学校《がっこう》では、五十メートル泳《およ》げれば一番《いちばん》いい成績《せいせき》の「A《エー》」がもらえる。

「そうだけど、もっと泳《およ》げた方《ほう》がかっこいいし」

まだ長《なが》く泳《およ》げるようになったわけでもないのに、直政《なおまさ》はこれでもかというくらい胸《むね》を張《は》り、フフンと鼻《はな》を鳴《な》らした。

そんなことを言《い》っていても、めんどうくさがりの直政《なおまさ》のことだから、水泳《すいえい》なんて始《はじ》めるわけないと、この時《とき》は思《おも》っていた。けれど、翌日《よくじつ》スイミングスクールに行《い》くと、直政《なおまさ》がそこにいたのだ。

「本気《ほんき》だったんだな」

泳《およ》ぐ前《まえ》にみんなで準備体操《じゅんびたいそう》をしている時《とき》、きょろきょろしているやつがいるなと思《おも》って見《み》てみると、それが直政《なおまさ》だった。

「オレはいつでも本気《ほんき》だぜ」

体操《たいそう》が終《お》わると、みんなそれぞれ自分《じぶん》の級《きゅう》の練習《れんしゅう》コースに並《なら》ぶ。ぼくは七年《ねん》も通《かよ》っているので、もう一番上《いちばんうえ》の級《きゅう》で、一級《きゅう》だ。だから、六つあるコースの一番端《いちばんはし》。直政《なおまさ》は入《はい》ったばかりなので、当《あ》たり前《まえ》だけど一番下《いちばんした》の級《きゅう》で、十級《きゅう》だ。だからぼくと反対《はんたい》の端《はし》のコースに並《なら》んでいる。五十メートル泳《およ》げるんだから、すぐに七級《きゅう》ぐらいには上《あ》がるんじゃないかな。

こんな感《かん》じで、ぼくは直政《なおまさ》といっしょに水泳《すいえい》をすることになった。いっしょにといっても、まだ同《おな》じコースで泳《およ》ぐわけじゃないけど。ここ、何度《なんど》も言《い》うけど重要《じゅうよう》なとこ。

「バタフライって難《むずか》しいよな」

今年《ことし》の夏休《なつやす》みが始《はじ》まる前《まえ》のことだった。練習《れんしゅう》の後《あと》のサウナで、直政《なおまさ》がぼそりと言《い》った。

「そうか？」

ぼくもバタフライは得意《とくい》じゃなかった。でも、一級《きゅう》のぼくが同意《どうい》するなんてかっこ悪《わる》い気《き》がして、首《くび》をかしげてみせた。

「うまく進《すす》まないんだよな」

「それは、腹筋《ふっきん》がないからだって」

ぼくはそう言《い》って、頭《あたま》に乗《の》せていたタオルを直政《なおまさ》のおなかに勢《いきお》いよく貼《は》り付《つ》けた。もうぬるくなっているはずなのに、あからさまに驚《おどろ》く直政《なおまさ》。

「リンだって、ないだろー」

直政《なおまさ》はぼくの頭《あたま》の上《うえ》で、自分《じぶん》のタオルを雑巾《ぞうきん》のようにしぼった。

「うわっ、冷《つめ》たっ！」

「リン、直政《なおまさ》、騒《さわ》ぐなよ」

中学生《ちゅうがくせい》のお兄《にい》さん、新司君《しんじくん》に注意《ちゅうい》されてしまった。

「新司君《しんじくん》は、何《なに》が得意《とくい》なの？」

直政《なおまさ》はそんなのおかまいなしに、大声《おおごえ》で聞《き》いた。

「バックかな」

同《おな》じ一級《きゅう》だけれど、新司君《しんじくん》はぼくとは比《くら》べ物《もの》にならないくらいの速《はや》さで泳《およ》げるので、いつもみんなの先頭《せんとう》を泳《およ》いでいる。

「背泳《せおよ》ぎかー」

背泳《せおよ》ぎは、ぼくが一番苦手《いちばんにがて》な種目《しゅもく》だった。それが一番得意《いちばんとくい》なんて、新司君《しんじくん》はやっぱりすごいなぁ。

「背泳《せおよ》ぎも、腹筋《ふっきん》が大事《だいじ》なんだよな。まぁどの種目《しゅもく》もなんだけど」

そっと見《み》てみると、新司君《しんじくん》のおなかは少年漫画《しょうねんまんが》のキャラクターみたいまではいかないけれど、ひきしまっていた。中学校《ちゅうがっこう》では水泳部《すいえいぶ》に入《はい》っていると言《い》っていたから、そこできたえてるのかな。

「そっか、やっぱり腹筋《ふっきん》か」

この時《とき》、直政《なおまさ》がこうつぶやいていたことに、ぼくは気《き》が付《つ》かなかった。

夏《なつ》が終《お》わり、学校《がっこう》のプールの授業《じゅぎょう》もなくなった。

「ぼく、スポーツは水泳《すいえい》しかできないから、夏《なつ》が終《お》わるとものすごく残念《ざんねん》な気分《きぶん》になるんだよな」

今日《きょう》も水泳《すいえい》の練習後《れんしゅうご》、ぼくは直政《なおまさ》とサウナにいた。

「なんで？」

「なんでって、活躍《かつやく》できるのが夏《なつ》しかないから……」

今日《きょう》の進級《しんきゅう》テストで、直政《なおまさ》は飛《と》び級《きゅう》で五級《きゅう》から二級《きゅう》に上《あ》がった。飛《と》び級《きゅう》なんてなかなかないことらしく、先生《せんせい》も直政《なおまさ》をほめていた。

もう一級《きゅう》なので、ぼくにとって「進級《しんきゅう》テスト」はずいぶんと前《まえ》から「記録会《きろくかい》」だ。得意《とくい》種目《しゅもく》でタイムを計《はか》るだけ。

「リンは夏《なつ》のために練習《れんしゅう》してるの？　それなら冬《ふゆ》の間《あいだ》にもっと練習《れんしゅう》して、夏《なつ》までもっと速《はや》く泳《およ》げるようになったらいいじゃん」

そりゃあ、そうなんだけど。

ぼくは直政《なおまさ》から目《め》をそらそうとして、びっくりした。なんと、直政《なおまさ》のおなかががっしりしていたのだ。前《まえ》までのふにゃっとしたおなかではなく、見《み》るからにひきしまって腹筋《ふっきん》が付《つ》いていた。それに、腕《うで》も太《ふと》くなっている気《き》がする。もちろん太《ふと》って大《おお》きくなったのではなく、これも筋肉《きんにく》だろう。

思《おも》わず、また直政《なおまさ》の目《め》を見直《みなお》した。

「リン、なに？」

「えっと……、二級《きゅう》になって、よかったね」

ぼくは一級《きゅう》になるまでどれくらいかかったっけ。小《しょう》三の秋《あき》だったから、六年《ねん》もかかった。

けれど、直政《なおまさ》はまだ通《かよ》い始《はじ》めて二年《ねん》もたたないのに、もう二級《きゅう》だ。

「夏休《なつやす》みから、筋《きん》トレしてるんだ」

「筋《きん》トレ？」

「うん。リンが、バタフライには腹筋《ふっきん》がいるって教《おし》えてくれただろ。だから、家《いえ》で腹筋《ふっきん》をきたえたんだ。ついでに腕立《うでた》てもしてる。だからかどうかわかんないけど、最近《さいきん》はバタフライが一番得意種目《いちばんとくいしゅもく》になったよ。速《はや》く泳《およ》げるようになったら、水泳《すいえい》ってめっちゃ楽《たの》しいな」

直政《なおまさ》の笑顔《えがお》は、うすぐらいサウナの中《なか》で一瞬《いっしゅん》ピカッと光《ひか》って見《み》えた。

次回《じかい》の練習《れんしゅう》から、直政《なおまさ》が隣《となり》のコースにやってくる。心《こころ》がザワザワして、サウナにいるのになぜか暑《あつ》さを感《かん》じなくなった。

「オレ、のぼせてきたから先《さき》に出《で》るわ」

直政《なおまさ》はそう言《い》うと、サウナを出《で》ていった。直政《なおまさ》の後《うし》ろ姿《すがた》、久々《ひさびさ》に見《み》た気《き》がする。背中《せなか》にも、見《み》てわかるくらい筋肉《きんにく》がついて、たくましくなっていた。いったい毎日《まいにち》どれくらい筋《きん》トレしたんだろう。そうとうがんばらないと、ああはならないはずだ。

「リンも、うかうかしてられないなぁ」

ぼくの心《こころ》をのぞいたかのように、新司君《しんじくん》がにやりと笑《わら》った。そして、ぼくの肩《かた》をぽんとたたいて、新司君《しんじくん》もサウナを出《で》ていった。今《いま》から選手育成強化練習《せんしゅいくせいきょうかれんしゅう》という、大人《おとな》と同《おな》じ練習《れんしゅう》メニューをするそうだ。さっきたくさん泳《およ》いだはずなのに、まだ練習《れんしゅう》するなんて。

いつの間《ま》にか、サウナにはぼく一人だけ。見回《みまわ》すと、他《ほか》の人《ひと》が座《すわ》っていたとわかるお尻《しり》のあとが、もう乾《かわ》きかけていた。

あぁ、取《と》り残《のこ》されてしまったんだ。ずいぶんと長《なが》くサウナに入《はい》っているはずなのに、体《からだ》の中心《ちゅうしん》はずんと冷《つめ》たく重《おも》かった。

帰《かえ》り道《みち》、といっても家《いえ》に着《つ》く直前《ちょくぜん》に、千織《ちおり》さんに会《あ》った。

「リンちゃん、こんばんは」

「千織《ちおり》さん、こんばんは」

こっちをじっと見《み》ている。元気《げんき》がないのに気付《きづ》かれたくなくて、ぼくは目《め》を細《ほそ》めて無理《むり》やり笑《わら》ってみた。

それから千織《ちおり》さんは、家《いえ》までこの前《まえ》くれた物語《ものがたり》のつづきを持《も》ってきてくれた。

「おもしろくなってきたんだよー」

正直《しょうじき》なところ、つづきは興味《きょうみ》なかった。でも、受《う》け取《と》っておいた。

千織《ちおり》さんと話《はな》していると、さっきまでのずしんとした気持《きも》ちが少《すこ》しだけ軽《かる》くなった。やっぱりぼくは千織《ちおり》さんが大好《だいす》きだ。こんなお姉《ねえ》さん、いたらよかったのに。

千織《ちおり》さんが言《い》ったとおり、物語《ものがたり》は急展開《きゅうてんかい》していた。急《きゅう》に主人公《しゅじんこう》の親友《しんゆう》であるサオリが、転校生《てんこうせい》のリサと仲《なか》よくし始《はじ》めたのだ。女子《じょし》のやりとりばかり書《か》かれていてつまらなかったのに、物語《ものがたり》らしくなってきたというか、これからどうなるんだろうと思《おも》わせてくれるようになってきた。

でも、あんなにサオリはマミカといつも遊《あそ》んでいたのに、ひどいじゃないか。理由《りゆう》は「けんか」としか書《か》かれていなかったけれど、いくらけんかしても他《ほか》の子《こ》と仲《なか》よくしてマミカを一人にするなんて、ちょっとずるいんじゃないかと思《おも》う。

不思議《ふしぎ》なことに、ひとりぼっちになった主人公《しゅじんこう》マミカの気持《きも》ちは全《まった》く書《か》かれていなかった。寂《さび》しいとも悲《かな》しいとも、何《なに》も言《い》わないのだ。だからこそ、余計《よけい》にマミカのことを思《おも》うと読《よ》んでいてつらくなった。これからマミカはどうなってしまうんだろう。転校生《てんこうせい》なんて、来《こ》なければよかったのに。

転校生《てんこうせい》といえば、ぼくにとっては古屋万緒《ふるやまお》さんだ。片倉真由里《かたくらまゆり》さんと植村《うえむら》すみれさんといつもいっしょにいて、今《いま》ではすっかりクラスになじんでいる。うちのクラスではこんなこと、無縁《むえん》だよな。そう思《おも》っていた。

けれど数日後《すうじつご》、事件《じけん》が起《お》こった。

植村《うえむら》さんの机《つくえ》に、油性《ゆせい》ペンで「バーカ」と書《か》かれているのが見《み》つかったのだ。

発見《はっけん》したのは、植村《うえむら》さんの隣《となり》の席《せき》の鳴川君《なるかわくん》。

「だれだよ、こんなこと書《か》いたの」

直政《なおまさ》がまっさきに飛《と》んでいった。ぼくも行《い》って見《み》てみると、小《ちい》さいけれど机《つくえ》の端《はし》にくっきりと書《か》かれてあった。

「前《まえ》からあったと思《おも》う」

植村《うえむら》さんの顔《かお》は、下《した》を向《む》いていて見《み》えない。

「なんだ。前《まえ》の五年生《ねんせい》かな」

直政《なおまさ》や鳴川君《なるかわくん》は、そう言《い》って教室《きょうしつ》を出《で》ていった。植村《うえむら》さんが顔《かお》を上《あ》げる気配《けはい》はない。それをじっと見《み》ていると、明《あき》らかに元気《げんき》がないのがわかる。ほんとに前《まえ》からあったのかな。

辺《あた》りを見回《みまわ》して、変《へん》だと思《おも》った。こんな時《とき》、友達同士《ともだちどうし》ってすぐにかけつけるものじゃないの？　他《ほか》の女子《じょし》たちは、まるで押《お》しピンで貼《は》り付《つ》けられた書道《しょどう》の半紙《はんし》みたいに、ピタッと壁《かべ》にひっついている。できるだけ植村《うえむら》さんと距離《きょり》を置《お》きたがってるみたいだった。

チャイムが鳴《な》って、先生《せんせい》が入《はい》ってきた。みんながやがやと自分《じぶん》の席《せき》に座《すわ》っていく。いつもどおりだった。

放課後《ほうかご》になり、ぼくは日直《にっちょく》だったので黒板《こくばん》を消《け》していた。同《おな》じ日直《にっちょく》の渡辺《わたなべ》さんはダンスのレッスンがあるとかで先《さき》に帰《かえ》ってしまい、ぼくは一人だった。

今日《きょう》のあれ、考《かんが》えすぎなのかな。がらんとした教室《きょうしつ》を見渡《みわた》しながら、ぼくは思《おも》う。

教室《きょうしつ》の真《ま》ん中《なか》にある植村《うえむら》さんの机《つくえ》に行《い》ってみた。まだ、「バーカ」という文字《もじ》はくっきりと残《のこ》っている。

植村《うえむら》さん、バカじゃないよな。勉強《べんきょう》はクラスでもトップだし。本読《ほんよ》みも上手《じょうず》だから、先生《せんせい》にもよくほめられている。前《まえ》に隣《となり》の席《せき》になった時《とき》は、ぼくが分度器《ぶんどき》を忘《わす》れて困《こま》っていることに気付《きづ》いてすぐに貸《か》してくれたりもした。植村《うえむら》さんに関《かん》することを思《おも》い浮《う》かべると、いいことしか出《で》てこない。

ぼくは筆箱《ふでばこ》から消《け》しゴムを取《と》り出《だ》し、力《ちから》を込《こ》めて文字《もじ》をこすった。少《すこ》しずつ、消《き》えていく。やっぱり前《まえ》の五年生《ねんせい》だよな。植村《うえむら》さんを悪《わる》く言《い》う人《ひと》なんて、いるはずがない。

それから数日《すうじつ》たった夜《よる》、晩《ばん》ご飯《はん》を食《た》べ終《お》わって少《すこ》したった頃《ころ》、千織《ちおり》さんが物語《ものがたり》のつづきをまた持《も》ってきてくれた。

「ベルギーの人《ひと》からもらったの」

と、ビスケットまでくれた。ワッフルを平《ひら》たく押《お》し焼《や》いたような絵《え》が箱《はこ》のパッケージに描《えが》いてある。ぼくの好《す》きそうな感《かん》じだ。

「それ、何《なん》なの？」

お母《かあ》さんの声《こえ》に、サッとビスケットの箱《はこ》を茶色《ちゃいろ》の封筒《ふうとう》の後《うし》ろに隠《かく》す。

「新進気鋭《しんしんきえい》の作家《さっか》の作品《さくひん》なんだ」

お母《かあ》さんは目《め》をパチパチさせただけだった。

先《さき》が気《き》になっていたので、ぼくはすぐに自分《じぶん》の部屋《へや》に行《い》って読《よ》み始《はじ》めた。

マミカとサオリはまだけんかをしたままで、サオリは転校生《てんこうせい》のリサともっと仲《なか》よくなっていた。マミカが主人公《しゅじんこう》のはずなのに、サオリとリサのことばかり書《か》かれている。これじゃあ、主人公《しゅじんこう》がだれかわからないくらいだ。

いつになったら仲直《なかなお》りするんだろう。直政《なおまさ》とぼくなんて、けんかしても三日《か》もすれば自《し》然《ぜん》と元《もと》に戻《もど》っているのに。

あの「バーカ」事件《じけん》があってから、ぼくはクラスの女子《じょし》の様子《ようす》を気《き》にするようになっていた。前《まえ》はいくつものグループに分《わ》かれていたのに、今《いま》は植村《うえむら》さんを除《のぞ》いて一つにまとまっているような気《き》がする。それは決《けっ》していい意味《いみ》じゃなくて、みんなして植村《うえむら》さんを敬遠《けいえん》している感《かん》じなのだ。植村《うえむら》さんは、一人で静《しず》かに本《ほん》を読《よ》んでばかりいる。女子《じょし》はそれを遠《とお》くからながめるだけで、だれも植村《うえむら》さんに話《はな》しかけない。

そういえば、この物語《ものがたり》の主人公《しゅじんこう》マミカと植村《うえむら》さんって、どこか似《に》ている気《き》がする。サバサバした性格《せいかく》とか、先生《せんせい》に気《き》に入《い》られているところとか、髪《かみ》が肩《かた》まであっていつも大《おお》きな髪留《かみど》めをつけているところとか。マミカは星《ほし》、植村《うえむら》さんは音符《おんぷ》のマークが好《す》きで、あらゆる小物《こもの》に必《かなら》ずそのマークが付《つ》いたものを持《も》っているところも。とはいっても、ここ数《すう》ページはマミカの気持《きも》ちは文章《ぶんしょう》に出《で》てきてないので、今《いま》は何《なに》を考《かんが》えているかさっぱりわからないんだけど。

千織《ちおり》さんにもらったビスケットの箱《はこ》を開《あ》けようとして、その手《て》を止《と》めた。そして、スイミングスクールのかばんに押《お》し込《こ》んだ。ほんとは一人で全部《ぜんぶ》食《た》べたいところだった。なのに、なぜか今日《きょう》はそうしちゃダメな気《き》がした。明日《あした》、練習《れんしゅう》の前《まえ》にでも直政《なおまさ》と食《た》べよう。

今回《こんかい》もらった分《ぶん》の物語《ものがたり》を、もう一度《いちどよ》読《よ》み返《かえ》す。同《おな》じ物語《ものがたり》を再度《さいど》読《よ》むなんて、いつものぼくならしない。けれど、今《いま》のぼくにはそうすべきだと思《おも》った。

マミカとサオリ、早《はや》く仲直《なかなお》りしないかな。あれ、でも、二人がそうなったら今度《こんど》はリサがひとりぼっちになるのかな。

植村《うえむら》さんも、早《はや》く前《まえ》みたいに戻《もど》れるといいんだけど。鳴川君《なるかわくん》の情報《じょうほう》によると、植村《うえむら》さんたちは物語《ものがたり》の中《なか》のマミカとサオリのようにけんかしたわけじゃないみたいだから、どちらかが謝《あやま》ってこの状態《じょうたい》を終《お》わりにすることも難《むずか》しいそうだ。

どうしてこんなややこしいことになってしまったんだろう。もしかして、仲直《なかなお》りできるのって当《あ》たり前《まえ》のことじゃないのかもしれない。また、心《こころ》がモヤモヤした。

夏休《なつやす》み前《まえ》と比《くら》べると、ずいぶんとがっしりした体《からだ》つきになった直政《なおまさ》が頭《あたま》に浮《う》かぶ。変《か》わったのは体《からだ》だけじゃなく、顔《かお》つきもだ。いつの間《ま》にか第《だい》二の新司君《しんじくん》みたいじゃないか。夏《なつ》休《やす》みが始《はじ》まった頃《ころ》は、人《ひと》の宿題《しゅくだい》を写《うつ》しに来《き》ていたくせに。

今《いま》、直政《なおまさ》とぼくはけんかしているわけじゃない。仲《なか》が悪《わる》いわけでもない。けれど、前《まえ》よりも直政《なおまさ》を遠《とお》く感《かん》じてしまっているのは確《たし》かだった。

Mao 6 林間学校《りんかんがっこう》の班決《はんぎ》め

昼休《ひるやす》み、まゆりんと話《はな》していると、最近《さいきん》よくしゃべる桐谷春乃《きりたにはるの》ちゃんがやってきた。

「次《つぎ》の社会《しゃかい》の時間《じかん》、林間学校《りんかんがっこう》の班分《はんわ》けするって言《い》ってなかった？」

その日《ひ》は雨《あめ》だった。私《わたし》たちは見《み》ていた雑誌《ざっし》から目《め》を上《あ》げた。

小学《しょうがく》五年生《ねんせい》の最大級《さいだいきゅう》のイベント、それが林間学校《りんかんがっこう》。電車《でんしゃ》と徒歩《とほ》で一時間《じかん》ほどの所《ところ》に、二泊《はく》三日《か》で行《い》くことになっている。

「その時《とき》さ、私《わたし》たちだけで班《はん》になろうよ」

春乃《はるの》ちゃんが言《い》う「私《わたし》たちだけ」は、すぐにわかった。つまり、まゆりんと私《わたし》、春乃《はるの》ちゃん、そして春乃《はるの》ちゃんの一番《いちばん》の友達《ともだち》の渡辺緑《わたなべみどり》ちゃんということだろう。

なにもここでいわなくても。ちらりと斜《なな》め前《まえ》の席《せき》を見《み》る。すみれちゃんには、じゅうぶんに聞《き》こえる距離《きょり》だ。

「うん、そうしよっか」

まゆりんは軽《かる》く答《こた》える。私《わたし》は顔《かお》がひきつりそうになるのを、肩《かた》のこりをほぐすしぐさで必死《ひっし》にごまかした。

すみれちゃんはすぐに席《せき》を立《た》ち、教室《きょうしつ》から出《で》ていった。やっぱり聞《き》こえてたんだ。

「やばい、聞《き》こえたかな？」

わざとらしく眉《まゆ》を寄《よ》せる春乃《はるの》ちゃん。

「大丈夫《だいじょうぶ》だってー」

まゆりんはそう言《い》って雑誌《ざっし》のページをめくった。

何《なに》が大丈夫《だいじょうぶ》なんだろう。急《きゅう》に息苦《いきぐる》しくなった。

「私《わたし》、ちょっとトイレに行《い》ってくる」

このままでは、ボロが出《で》る。二人から離《はな》れなければ。

「ついて行《い》こうか？」

まゆりんが顔《かお》を上《あ》げた。

「ううん。すぐ戻《もど》るから。ありがとう」

別《べつ》に、トイレなんて行《い》きたくなかったけれど、どうしてもこの場《ば》を離《はな》れたかった。教室《きょうしつ》を出《で》ると、人気《ひとけ》のない廊下《ろうか》の少《すこ》し先《さき》に、すみれちゃんの後《うし》ろ姿《すがた》が見《み》えた。突《つ》き当《あ》たりのトイレに入《はい》っていく。

てっきり個室《こしつ》に入《はい》っていると思《おも》ったのに、すみれちゃんは洗面所《せんめんじょ》で髪《かみ》を結《ゆ》い直《なお》していた。こっちに気付《きづ》いても、すみれちゃんは何《なに》も言《い》わない。

何《なに》かしゃべらなきゃ。まゆりんや春乃《はるの》ちゃんがいるいつもなら何《なに》も話《はな》さなくても平気《へいき》なのに、こんな時《とき》だけ弱《よわ》くなる自分《じぶん》がいやだ。

「六時間目《じかんめ》って、国語《こくご》だったよね」

聞《き》かなくてもわかっていたけれど、次《つぎ》の時間《じかん》のことを聞《き》くわけにもいかないし、こんなことしか言《い》えなかった。

「うん、国語《こくご》だよ」

すみれちゃんは鏡《かがみ》の中《なか》の自分《じぶん》から目《め》を離《はな》さない。悲《かな》しそうな顔《かお》なんてしていなかった。こんな雰囲気《ふんいき》、何《なん》て言《い》うんだっけ。そうだ、「凛《りん》としている」って、きっとこんな感《かん》じのことをいうんだと思《おも》う。

私《わたし》、何《なん》のためにここに来《き》たんだっけ。トイレでもないし、かといってすみれちゃんのフォローをするつもりで来《き》たわけでもない。できっこないし。なのに、気付《きづ》いたらすみれちゃんの後《あと》を追《お》っていた。

私《わたし》はショートヘアだから結《ゆ》う髪《かみ》もない。とりあえず、さっき書《か》いてしまった親指《おやゆび》の赤《あか》ボールペンのインクを、洗《あら》い流《なが》すことにした。

「今日《きょう》って漢字《かんじ》ドリル、いるんだったよね」

「うん」

すみれちゃんの返事《へんじ》は短《みじか》い。なんとか沈黙《ちんもく》を避《さ》けたくて、必死《ひっし》に話題《わだい》を探《さが》したけれど、それ以上何《いじょうなに》も出《で》てこなかった。

「先《さき》に行《い》くね」

しばらくして、すみれちゃんはこう言《い》って出《で》ていった。

ふと、鏡《かがみ》に映《うつ》った自分《じぶん》の顔《かお》を見《み》た。びっくりして、また一瞬息《いっしゅんいき》が吸《す》えなくなった。私《わたし》、今《いま》こんな顔《かお》してたんだ。とてもまゆりんや春乃《はるの》ちゃんの前《まえ》ではできない、どしゃぶりの雨《あめ》を降《ふ》らす雲《くも》のような顔《かお》だった。

どうしてすみれちゃんは、いつも平気《へいき》な顔《かお》をしていられるんだろう。これじゃまるで、私《わたし》がのけものにされたかのような顔《かお》だ。強《つよ》くこすっているのに、指先《ゆびさき》の赤《あか》いインクはなかなか落《お》ちない。私《わたし》はあきらめて水《みず》を止《と》めた。

トイレを出《で》ようとした時《とき》、洗面台《せんめんだい》にだれかの忘《わす》れ物《もの》を見《み》つけた。音符《おんぷ》のついた髪留《かみど》めだ。すぐにすみれちゃんのだとわかった。いつも頭《あたま》につけているので、斜《なな》め後《うし》ろの私《わたし》の席《せき》からよく見《み》えるのだ。

そっと拾《ひろ》い、ポケットにしまう。職員室《しょくいんしつ》の前《まえ》にある落《お》とし物《もの》ボックスに入《い》れれば簡単《かんたん》なのはわかっていたけれど、そんなことする気《き》にはなぜだかならなかった。

次《つぎ》の時間《じかん》、林間学校《りんかんがっこう》の班決《はんぎ》めは春乃《はるの》ちゃんの計画《けいかく》どおりになった。先生《せんせい》が、好《す》きな人《ひと》と組《く》んでいいと言《い》った瞬間《しゅんかん》、瞬《また》く間《ま》に女子《じょし》たちはそれぞれの班《はん》に分《わ》かれたのだ。案《あん》の定《じょう》、すみれちゃんは一人になった。クラスの女子《じょし》は十三人《にん》。一つの班《はん》に四人《にん》だから、みんな仲《なか》がよくても女子《じょし》が一人あまってしまう計算《けいさん》になるのだけれど。

「一つは五人《にん》の班《はん》でもいいんだよ」

先生《せんせい》はそう言《い》った。でも、他《ほか》の女子《じょし》はみんな聞《き》いていないふり。すみれちゃんはだまって下《した》の方《ほう》を向《む》いているだけだった。髪留《かみど》めが入《はい》っているポケットが、やけに重《おも》い。

その時《とき》、春乃《はるの》ちゃんにとって予定外《よていがい》のことが起《お》こった。男子《だんし》で一人足《た》りない班《はん》の人《ひと》が声《こえ》をあげたのだ。

「植村《うえむら》さん、こっちの班《はん》においでよ！」

隣《となり》のうちの、矢吹凛太《やぶきりんた》君《くん》だった。すみれちゃんが、そして女子《じょし》のみんなが矢吹君《やぶきくん》を見《み》た。

急《きゅう》に教室《きょうしつ》が静《しず》まり返《かえ》る。

「え、あ、うん」

まばたきを何度《なんど》もしながら、すみれちゃんは矢吹君《やぶきくん》の方《ほう》へ歩《ある》いていく。矢吹君《やぶきくん》の班《はん》には、前《まえ》の席《せき》の鳴川優翔《なるかわゆうと》君《くん》と、矢吹君《やぶきくん》といつもいっしょにいる白井直政君《しらいなおまさくん》がいた。

「先生《せんせい》！　男子《だんし》と組《く》んでもいいんですか？」

春乃《はるの》ちゃんがサッと立《た》ち上《あ》がった。まゆりんと緑《みどり》ちゃんも気付《きづ》いたのか、私《わたし》たちはため息《いき》をついた。春乃《はるの》ちゃんは、白井君《しらいくん》のことが好《す》きなのだ。

「植村《うえむら》さんがいいならかまわないよ」

先生《せんせい》は何《なに》もわかっていない。

「私《わたし》は大丈夫《だいじょうぶ》です」

すみれちゃんはそう言《い》って、クラスの女子《じょし》に背《せ》を向《む》けた。

「植村《うえむら》さん、無理《むり》しなくていいんだよ」

先生《せんせい》の声《こえ》に、すみれちゃんは目《め》も合《あ》わせず首《くび》を横《よこ》に振《ふ》るだけだった。

すぐに女子《じょし》のひそひそ話《ばなし》が始《はじ》まった。

「春乃《はるの》が白井君《しらいくん》好《す》きなの、すみれも知《し》ってるのに、ありえない」

緑《みどり》ちゃんは、そう言《い》って不機嫌《ふきげん》な顔《かお》の春乃《はるの》ちゃんをなだめている。

「男子《だんし》と組《く》んでいいなら、私《わたし》も鳴川君《なるかわくん》の班《はん》がよかったぁ」

まゆりんは、こんなことを言《い》っている。鳴川君《なるかわくん》は「よく見《み》るとかっこいい」とかで、最《さい》近《きん》のまゆりんのお気《き》に入《い》りなのだ。

一方《いっぽう》、矢吹君《やぶきくん》の班《はん》はすごく楽《たの》しそうだ。男子《だんし》って、どうしてこんなに女子《じょし》の人間関係《にんげんかんけい》にうといんだろう。

「頭《あたま》のいい植村《うえむら》さんといっしょの班《はん》になれるとか、ラッキー」

男子《だんし》と言《い》うより、矢吹君《やぶきくん》だから?

「頼《たの》もしいこと、この上《うえ》なしってやつだ」

この班《はん》は、自由散策《じゆうさんさく》の時《とき》に回《まわ》る名所《めいしょ》の調《しら》べ学習《がくしゅう》もする班《はん》なのだ。鳴川君《なるかわくん》は、もう班《はん》のメンバー表《ひょう》を書《か》き上《あ》げたようで、先生《せんせい》に渡《わた》していた。

「オレら、超《ちょう》スピードで見《み》て回《まわ》るつもりだけど、ついてこれるー?」

今度《こんど》は白井君《しらいくん》が意地悪《いじわる》そうに笑《わら》った。

「私《わたし》、去年《きょねん》のマラソン大会《たいかい》、女子《じょし》で一位《い》よ」

「うひゃー、やるなー」

三人《にん》の男子《だんし》の声《こえ》が、一つにハモった。すぐにすみれちゃんの笑《わら》い声《ごえ》が教室中《きょうしつじゅう》に響《ひび》いた。

久々《ひさびさ》に聞《き》いた。一瞬《いっしゅん》のことだったけれど、その様子《ようす》を横目《よこめ》で見《み》ていたのは私《わたし》だけじゃなかったはずだ。また、女子《じょし》たちが「調子《ちょうし》にのってる」と話《はな》し出《だ》した。


それから数日後《すうじつご》の昼休《ひるやす》み、うちのクラスで事件《じけん》が起《お》こった。

「すみれの机《つくえ》、バーカって書《か》かれてたんだって」

すみれちゃんの隣《となり》の席《せき》の鳴川君《なるかわくん》が、さっき見《み》つけて騒《さわ》いでいたのだ。女子《じょし》はサッと窓際《まどぎわ》にいるまゆりんと春乃《はるの》ちゃんの周《まわ》りに集《あつ》まり、ひそひそと話《はな》し始《はじ》めた。

「え、だれが書《か》いたの？」

「知《し》らないよ」

みんなそれぞれ顔《かお》をうかがい、声《こえ》には出《だ》さないけれど「やってないよね？」と目《め》で確認《かくにん》し合《あ》っている。

「私《わたし》たち、無視《むし》とかはしても、バカなんて書《か》かないよね」

と、春乃《はるの》ちゃん。無視《むし》するのも、バカって机《つくえ》に書《か》くのも、どっちも人《ひと》を傷付《きずつ》けると思《おも》うんだけど……。

「うん。だいたいすみれにバカなんて書《か》いても、全然《ぜんぜん》意味《いみ》ないし」

まゆりん、そこは認《みと》めてるんだ。

「前《まえ》からあったって、すみれは言《い》ってたみたいだけど」

春乃《はるの》ちゃんはそう言《い》って、すみれちゃんの席《せき》の方《ほう》を見《み》た。私《わたし》たちも視線《しせん》をそっちに向《む》ける。すみれちゃんは席《せき》に座《すわ》って本《ほん》を読《よ》んでいた。

「じゃあ、そうなんじゃない」

まゆりんはこう言《い》っていたけれど、前《まえ》からなんてなかったことは、わかっていたはずだ。だって、仲《なか》よかった時《とき》は、よくすみれちゃんの席《せき》で話《はな》していたんだから。

じゃあ、いったいだれが？　このクラスの女子《じょし》で、まゆりんや春乃《はるの》ちゃんに相談《そうだん》なしにこんなことできる人《ひと》、いるわけがない。

この事件《じけん》があってから、すみれちゃんはますます孤立《こりつ》していった。前《まえ》まではおもしろ半《はん》分《ぶん》で無視《むし》していたクラスの女子《じょし》たちも、今《いま》はえたいの知《し》れないものには触《さわ》らないようにしている感《かん》じだった。

休《やす》み時間《じかん》や放課後《ほうかご》、だれもすみれちゃんについてはほとんど話《はな》さなくなった。悪口《わるぐち》さえも、言《い》わなくなったのだ。「好《す》き」の反対《はんたい》は「きらい」ではなく、「無関心《むかんしん》」だと聞《き》いたことがあるけれど、まさしくそれだった。

すみれちゃんも落《お》ち込《こ》んでいるような顔《かお》をすることもなく、毎日学校《まいにちがっこう》に来《き》ている。気《き》にしているのは私《わたし》だけのようだった。そんな私《わたし》だって、物語《ものがたり》を書《か》くためなんだけど。


やっぱり無理《むり》があったんだ。モデルを自分《じぶん》からすみれちゃんに変《か》えるなんて。おかげで主人公《しゅじんこう》はマミカなのに、全然気持《ぜんぜんきも》ちが書《か》けない。

私《わたし》はイライラしていた。毎日周《まいにちまわ》りの友達《ともだち》にばれないように、こっそりすみれちゃんを観察《かんさつ》し、気持《きも》ちを想像《そうぞう》してみるけれど、いつも無表情《むひょうじょう》なので全然参考《ぜんぜんさんこう》にならない。だから、サオリとリサの日常《にちじょう》ばかりのページが増《ふ》えていく。

「主人公《しゅじんこう》、ちょっとかわいそうすぎじゃない？」

お姉《ねえ》ちゃんはそう言《い》って、不服《ふふく》そうな顔《かお》をした。そして、こう付《つ》け足《た》す。

「この方《ほう》が物語的《ものがたりてき》には盛《も》り上《あ》がるのはわかるんだけどさ」

急《きゅう》に胸《むね》の辺《あた》りがズキっとした。これは、お姉《ねえ》ちゃんにとってはフィクションでも、本当《ほんとう》は現実《げんじつ》の話《はなし》なんだ。

「マミカ、これからどうなるんだろ。ずっとこのままってことは、ないよね？」

お風呂《ふろ》から上《あ》がったばかりのお姉《ねえ》ちゃんは、タオルをターバンのように頭《あたま》に巻《ま》いている。

「まさか」

言《い》ってみたものの、これからどうしよう。だんだんと書《か》き続《つづ》けるのがつらくなってきた。

「なら、いいんだけど。マミカには、また笑《わら》ってほしいな」

お姉《ねえ》ちゃんはそう言《い》って、アイスが私《わたし》を待《ま》っていると歌《うた》いながら部屋《へや》を出《で》ていった。

マミカには、また笑《わら》ってほしい、か。お姉《ねえ》ちゃんの言葉《ことば》が、頭《あたま》から離《はな》れない。寝《ね》る前《まえ》とか、トイレの中《なか》とか、授業中《じゅぎょうちゅう》ぼんやり先生《せんせい》の話《はなし》を聞《き》いている時《とき》とか、心《こころ》が忙《いそが》しくない時《とき》にふと思《おも》い出《だ》してしまう。

私《わたし》の机《つくえ》の隅《すみ》には、トイレで拾《ひろ》ったすみれちゃんの髪留《かみど》めが置《お》いてある。渡《わた》せないまま、もう何日《なんにち》もたってしまった。私《わたし》はトイレでも話《はな》しかけたし、無視《むし》も最小限《さいしょうげん》にしている。もちろん、机《つくえ》にバカなんてことも書《か》いてない。だから落《お》とし物《もの》を返《かえ》すことなんてすぐできるはずなのに、なぜかそうしようとすると「また明日《あした》にしよう」なんて思《おも》ってしまう。毎《まい》日《にち》ポケットに入《い》れて学校《がっこう》に持《も》っていってはいるんだけど。

林間学校《りんかんがっこう》の班《はん》で、すみれちゃんは男子《だんし》と楽《たの》しそうに笑《わら》ってた。どういうつもりなんだろう。もうまゆりんとは仲直《なかなお》りするつもり、ないのかな。

早《はや》く物語《ものがたり》のマミカにも、笑《わら》ってもらおう。

ここからは、ちゃんと自分《じぶん》で考《かんが》えた物語《ものがたり》にするんだ。

そう考《かんが》えるものの、なかなかいいアイデアは思《おも》いつかない。仲直《なかなお》りって、どうするんだっけ。マミカかサオリのどちらかに謝《あやま》らせて、まるくおさめたらいいのかな。転校《てんこう》してくる前《まえ》の学校《がっこう》で、悪《わる》いと思《おも》ってもないのに私《わたし》が謝《あやま》ったように。

だからって、いくらお姉《ねえ》ちゃんにしか見《み》せない物語《ものがたり》でも、私《わたし》はそんなことを書《か》きたいんじゃない。この物語《ものがたり》で言《い》いたいのは、書《か》きたいのは……一体何《いったいなん》だっけ。

とにかく、どうにかしなきゃ。私次第《わたししだい》で、私《わたし》だけがマミカを思《おも》い切《き》り笑《わら》わせてあげられるんだから。

けれど、その翌日《よくじつ》、私《わたし》のやる気《き》を一気《いっき》にたたき落《お》としてしまう出来事《できごと》が起《お》こった。矢吹《やぶき》君《くん》が、読書感想文《どくしょかんそうぶん》コンクールで賞《しょう》をとったのだ。

夏休《なつやす》みの宿題《しゅくだい》だった、読書感想文《どくしょかんそうぶん》。クラスの代表《だいひょう》として私《わたし》と矢吹君《やぶきくん》が選《えら》ばれ、コンクールに出《だ》してもらった。でも、賞《しょう》をとったのは矢吹君《やぶきくん》だけ。私《わたし》は佳作《かさく》にも入《はい》らなかった。先生《せんせい》が矢吹君《やぶきくん》の感想文《かんそうぶん》を読《よ》んだ。どうせたまただと思《おも》っていたのに、いつか使《つか》ってみたい言葉《ことば》がこんな時《とき》に頭《あたま》によぎる。「不覚《ふかく》にも」ぐっときてしまった。

みんなの前《まえ》に立《た》ち、拍手《はくしゅ》されて照《て》れている矢吹君《やぶきくん》。

私《わたし》も精《せい》いっぱいの笑顔《えがお》でみんなと同《おな》じようにしてみるけれど、どうにも悔《くや》しくてたまらない。毎日《まいにち》のように本《ほん》をたくさん読《よ》んで物語《ものがたり》を書《か》いてきた私《わたし》より、宿題《しゅくだい》のためにしか本《ほん》を読《よ》まないような矢吹君《やぶきくん》の方《ほう》が文章《ぶんしょう》が上手《じょうず》だなんて。

「実《じつ》はこの本《ほん》、古屋《ふるや》さんが紹介《しょうかい》してくれたんだ。古屋《ふるや》さん、ありがとう。この本《ほん》じゃなかったら、きっと賞《しょう》なんてもらえなかったと思《おも》う。すっごくおもしろいから、みんなも読《よ》んでほしい」

おまけに矢吹君《やぶきくん》は余計《よけい》なことまで言《い》うから、後《あと》からまゆりんと春乃《はるの》ちゃんに矢吹君《やぶきくん》との仲《なか》を勘《かん》ぐられて大変《たいへん》だった。正直《しょうじき》に、夏休《なつやす》みに図書館《としょかん》で会《あ》ったことを話《はな》したけれど。

Rin 7 ミオちゃんって

「この班《はん》に呼《よ》んでくれて、ありがとね」

それは、社会《しゃかい》の時間《じかん》が終《お》わるチャイムが鳴《な》り始《はじ》めた時《とき》だった。植村《うえむら》すみれさんは小《ちい》さな声《こえ》でそう言《い》って、筆箱《ふでばこ》をぎゅっとにぎりしめた。

林間学校《りんかんがっこう》の時《とき》に行《い》く神社《じんじゃ》のレポートを作《つく》るために、ぼくたちは図書館《としょかん》にいた。他《ほか》の班《はん》の人《ひと》たちは教室《きょうしつ》や調《しら》べ学習室《がくしゅうしつ》でしているのか、図書館《としょかん》にはうちの班《はん》だけだった。

班決《はんぎ》めで女子《じょし》が一人余《あま》ることはわかっていたけれど、まさかそれが植村《うえむら》さんになるとは思《おも》わなかった。いつもこういう時《とき》は、クラスで一番《いちばん》おとなしい牧野《まきの》さんがなっていたからだ。牧野《まきの》さんに目《め》をやると、前《まえ》からそうだった風《ふう》に、同《おな》じ班《はん》の女子《じょし》たちと仲《なか》よさそうに笑《わら》っていた。なぜだかちょっと、ムッとした。

でも、よかった。ぼくたちにとって植村《うえむら》さんが来《き》てくれたのはラッキーだ。うちの班《はん》は、直政《なおまさ》と鳴川君《なるかわくん》、そしてぼくの三人《にん》だけ。どうせだれか女子《じょし》が来《く》るなら、植村《うえむら》さんのようにかしこい人《ひと》はありがたい。

「こっちこそ班《はん》に入《はい》ってくれて、ありがとな」

直政《なおまさ》はそう言《い》って、照《て》れたように頭《あたま》をかいた。

「林間学校《りんかんがっこう》、楽《たの》しみだね」

ぼくも会話《かいわ》に入《はい》ろうと、身《み》を乗《の》り出《だ》した。

「うん、そうだね」

植村《うえむら》さんの返事《へんじ》は短《みじか》い。そして、ぼくが他《ほか》に話《はな》すことを探《さが》している間《あいだ》に、さっさと自分《じぶん》の分《ぶん》の資料《しりょう》を片付《かたづ》け、教室《きょうしつ》に帰《かえ》っていった。

「植村《うえむら》って、前《まえ》はもっと明《あか》るかったよな？」

鳴川君《なるかわくん》がつぶやくように言《い》う。

「うん、もっとよくしゃべってたし」

ぼくも同《おな》じことを考《かんが》えていた。

「女子《じょし》の日《ひ》ってやつじゃねぇの」

直政《なおまさ》はそう言《い》って、一人で笑《わら》っている。鳴川君《なるかわくん》とぼくは、同時《どうじ》にため息《いき》をついた。

ふと見《み》ると、ケースに音符《おんぷ》のマークが付《つ》いた消《け》しゴムが、机《つくえ》の下《した》に転《ころ》がっている。

「あれ、これ、だれのだろう」

「植村《うえむら》のじゃない？」

と、鳴川君《なるかわくん》。そういえば、筆箱《ふでばこ》にもノートにも音符《おんぷ》のマークが付《つ》いていた。

「そっか、後《あと》で返《かえ》しとく」

ぼくは消《け》しゴムを自分《じぶん》の筆箱《ふでばこ》にしまった。

次《つぎ》の時間《じかん》には、ぎりぎりだった。音楽《おんがく》の授業《じゅぎょう》だったから、音楽室《おんがくしつ》に移動《いどう》しなければならなかったのだ。着《つ》いた途端《とたん》チャイムが鳴《な》り、先生《せんせい》がすぐに入《はい》ってきてピアノを弾《ひ》き始《はじ》めた。

ぼくの席《せき》は、植村《うえむら》さんの席《せき》から少《すこ》し離《はな》れている。授業中《じゅぎょうちゅう》に自分《じぶん》でこっそり返《かえ》すことはできなさそうだ。今日《きょう》は授業《じゅぎょう》の最後《さいご》に、音符《おんぷ》の種類《しゅるい》を覚《おぼ》えているかの確認《かくにん》テストがあるのに。いくら植村《うえむら》さんでも、消《け》しゴムがないと不安《ふあん》だろう。

「これ、植村《うえむら》さんのだから回《まわ》して」

ぼくはそう言《い》って、隣《となり》の角田君《つのだくん》にお願《ねが》いした。

「植村《うえむら》さんに渡《わた》して」

角田君《つのだくん》も、同《おな》じように言《い》ってその隣《となり》の清水君《しみずくん》の前《まえ》に置《お》いた。

「これ、植村《うえむら》の」

清水君《しみずくん》もそう言《い》って、斜《なな》め後《うし》ろの席《せき》の大森君《おおもりくん》に。大森君《おおもりくん》の隣《となり》が、植村《うえむら》さんだ。

「これ、回《まわ》ってきた」

植村《うえむら》さんは、ホッとしたような顔《かお》だ。消《け》しゴムを失《な》くしたことに気付《きづ》いていたんだ。

そして、音楽《おんがく》の授業《じゅぎょう》が終《お》わった。みんな音符《おんぷ》のテストができたかどうか、友達《ともだち》とワイワイ話《はな》しながら帰《かえ》っていく。

ぼくも教室《きょうしつ》に戻《もど》ろうと音楽室《おんがくしつ》を出《で》ようとしたその時《とき》、ふと振《ふ》り向《む》くと植村《うえむら》さんだけが残《のこ》っていた。教室移動《きょうしついどう》の時《とき》は、だれよりも早《はや》く教室《きょうしつ》に帰《かえ》っていくのに、今日《きょう》はどうしたんだろう。かまわず廊下《ろうか》に出《で》ようとすると、後《うし》ろから植村《うえむら》さんの声《こえ》がした。

「消《け》しゴムを拾《ひろ》ってくれたの、ミオちゃんだったんだ。ありがとう。テストだったし、助《たす》かった」

思《おも》わず振《ふ》り向《む》く。消《け》しゴムを拾《ひろ》ったのは、ぼくだ。

「うんうん、ちっちゃい頃《ころ》からピアノを習《なら》ってるから、音符《おんぷ》は得意《とくい》なんだ。満点《まんてん》の自信《じしん》、あるよ」

変《へん》だな。音楽室《おんがくしつ》には植村《うえむら》さんしかいないのに、壁《かべ》の方《ほう》に向《む》かって一人でしゃべっている。

「ミオちゃんも今度《こんど》いっしょに楽譜《がくふ》を見《み》にいこうよ。楽譜《がくふ》の本《ほん》がいっぱい売《う》ってる本屋《ほんや》さん、知《し》ってるんだ」

いくら見回《みまわ》しても、ミオちゃんらしき人《ひと》はいない。ミオちゃんって、だれだろう。そんな名前《なまえ》の人《ひと》、うちのクラスの女子《じょし》にはいなかったはずだ。どこかで最近《さいきん》聞《き》いたことがあったような気《き》はするんだけど……。

「ミオちゃんのトランペットと私《わたし》のピアノ、いつかセッションしたいな」

植村《うえむら》さんは本当《ほんとう》にだれかいるかのように、楽《たの》しげに話《はな》し続《つづ》ける。あっけにとられて見《み》ていると、直政《なおまさ》に肩《かた》をたたかれた。

「リン、国語係《こくごがかり》だろ。先生《せんせい》が職員室《しょくいんしつ》まで漢字練習帳《かんじれんしゅうちょう》取《と》りに来《き》てって言《い》ってたぞ」

「えー、それって、いつ？」

「昼休《ひるやす》みだったかな」

「それなら、もっと早《はや》く言《い》ってよー」

ぼくはかけ出《だ》す前《まえ》にもう一度《いちど》音楽室《おんがくしつ》をのぞいた。植村《うえむら》さんは、まだ「ミオちゃん」と話《はな》しているようだった。

ベートーヴェ

その夜《よる》、ぼくは物語《ものがたり》を読《よ》み返《かえ》していた。これは、数日前《すうじつまえ》に千織《ちおり》さんから受《う》け取《と》ったものだ。もらったのが夜《よる》で、その日《ひ》はスイミングスクールで疲《つか》れていたから、学校《がっこう》へ持《も》っていって朝《あさ》のだれもいない教室《きょうしつ》で読《よ》んだんだっけ。寝《ね》ぼけながら読《よ》んだからか内容《ないよう》はうっすらとしか思《おも》い出《だ》せない。

びっくりなことが起《お》こりました。また、転校生《てんこうせい》がうちのクラスにやってきたのです。朝《あさ》の会《かい》の時《とき》、先生《せんせい》といっしょにだれかが入《はい》ってきたかと思《おも》うと、その子《こ》が新《あたら》しいクラスメートでした。

「林澪香《はやしみおか》です。よろしくお願《ねが》いします」

林《はやし》さんは、まるでお人形《にんぎょう》さんみたいにとってもかわいい子《こ》でした。

「また女子《じょし》かよー」

男子《だんし》はそう言《い》いながらも、ちょっとうれしそうでした。かわいい子《こ》はいいな。だって、それだけで最初《さいしょ》からみんなを仲《なか》よくなりたいって思《おも》わせるんだから。

けれど林《はやし》さんは、ただかわいいだけじゃなく、とってもすてきな子《こ》でした。林《はやし》さんが笑《わら》うと、こっちまでほんわかした気分《きぶん》になるのです。きっと裏表《うらおもて》がない人《ひと》なんだろうなと思《おも》いました。

だから、私《わたし》ももちろん友達《ともだち》になりたいと思《おも》いました。ここのところずっとひとりぼっちだったので、私《わたし》にとって転校生《てんこうせい》の林《はやし》さんは、空《そら》から舞《ま》い降《お》りた天使《てんし》のように感《かん》じました。

神様《かみさま》は私《わたし》の味方《みかた》をしてくれたらしく、なんと林《はやし》さんの席《せき》は私《わたし》の横《よこ》になりました。私《わたし》の席《せき》は教室《きょうしつ》の一番奥《いちばんおく》です。つまり、窓際《まどぎわ》の列《れつ》の一番後《いちばんうし》ろ。林《はやし》さんはその隣《となり》です。

これは林《はやし》さんと友達《ともだち》になる神様《かみさま》がくれたチャンスだと思《おも》いました。

「教科書《きょうかしょ》、前《まえ》の学校《がっこう》のとはちがうみたいだから、見《み》せてくれる？」

「うん。林《はやし》さん、困《こま》ったことがあったら何《なん》でも言《い》ってね」

「ありがとう。あ、私《わたし》のことはミオって呼《よ》んでね。前《まえ》の学校《がっこう》でそう呼《よ》ばれてたんだ」

「じゃあ、ミオちゃんって呼《よ》ぶね。私《わたし》のことも、マミって呼《よ》んでね」

「これからよろしくね、マミちゃん」

「こちらこそよろしく、ミオちゃん」

私《わたし》はミオちゃんとすぐ友達《ともだち》になりました。かわいい転校生《てんこうせい》と一番《いちばん》に仲《なか》よくなったからか、クラスのみんなはうらやましそうに私《わたし》を見《み》ています。これ、ちょっと気持《きも》ちいいな。

ミオちゃんは、かわいいだけでなく、やさしい子《こ》でした。まだ転校《てんこう》してきて少《すこ》ししかたっていないのに、私《わたし》の星《ほし》マーク好《ず》きをわかってくれていたみたいです。私《わたし》が落《お》とした消《け》しゴムには名前《なまえ》を書《か》いていなかったのに、私《わたし》のだと気付《きづ》いて拾《ひろ》ってくれたのです。しかも、音楽《おんがく》のテストで困《こま》らないように、授業中《じゅぎょうちゅう》なのに消《け》しゴムを回《まわ》してくれました。

「消《け》しゴムを拾《ひろ》ってくれたの、ミオちゃんだったんだ。ありがとう。テストだったし、助《たす》かった」

「やっぱりマミちゃんのだったんだね。星《ほし》マーク、ほんとに好《す》きなんだね」

「うん、星《ほし》のマークの文具《ぶんぐ》があったら、ついつい買《か》っちゃうんだー」

「じゃあ、マミちゃんの誕生日《たんじょうび》には絶対星《ぜったいほし》マークのものにしなきゃ。今《いま》から探《さが》しとくね」

「ほんとにー？　ありがとう！」

私《わたし》もミオちゃんの誕生日《たんじょうび》プレゼント、考《かんが》えなきゃ。

「マミカちゃん、さっきの音符《おんぷ》のテスト、どうだった？　簡単《かんたん》だったよね」

「うんうん、ちっちゃい頃《ころ》からピアノを習《なら》ってるから、音符《おんぷ》は得意《とくい》なんだ。満点《まんてん》の自信《じしん》、あるよ」

「私《わたし》は小《ちい》さい頃《ころ》からトランペットをやってるんだ」

ミオちゃんのかわいい外見《がいけん》からは、トランペットはまったく想像《そうぞう》できませんでした。ほら、トランペットって、どちらかというと、かっこいい感じがするじゃない？　同《おな》じ吹《ふ》く楽器《がっき》だったら、フルートの方《ほう》が似合《にあ》いそうなのに。でも、これはこれで意外性《いがいせい》があっていいのかもしれない。

「お父《とう》さんに教《おし》えてもらってるの。でも、何《なん》だか古《ふる》い曲《きょく》ばっかりさせられるんだよね。きらいじゃないんだけど、私《わたし》はもっと今時《いまどき》の曲《きょく》がしたいんだ」

「じゃあ、今度《こんど》いっしょに楽譜《がくふ》を見《み》にいこうよ。楽譜《がくふ》の本《ほん》がいっぱい売《う》ってる本屋《ほんや》さん、知《し》ってるんだ」

「うん、行《い》く行《い》く！　わー、まさかマミちゃんと音楽《おんがく》の話《はなし》もできるとは思《おも》わなかった！すっごくうれしい！」

「私《わたし》のピアノとミオちゃんのトランペット、いつか合奏《がっそう》できるといいね」

どこからか、するどい視線《しせん》を感《かん》じました。それは、前《まえ》までずっと仲《なか》がよかったサオリでした。ちょっとにらまれているような気《き》もしました。きっと、私《わたし》がミオちゃんと楽《たの》しそうにしているのが気《き》に入《い》らないのでしょう。サオリだって、転校《てんこう》してきたリサと仲《なか》よくしているくせにね。

それから私《わたし》たちは音楽《おんがく》についてたくさん話《はな》しました。

「マミちゃんと友達《ともだち》になれてよかったー。不安《ふあん》だったんだ。新《あたら》しい学校《がっこう》で話《はなし》が合《あ》う人《ひと》ができるか」

「私《わたし》もミオちゃんと友達《ともだち》になれてうれしいよー」

ミオちゃんとはずっと友達《ともだち》でいられる気《き》がしました。


喉《のど》がからからに乾《かわ》いたと思《おも》ったら、口《くち》がずっと開《あ》いていたみたいだ。「開《あ》いた口《くち》がふさがらない」って、ほんとにあるんだな。

もう一度《いちど》、読《よ》んでみる。何度《なんど》読《よ》んでも読《よ》みまちがいなんかじゃない。「ミオちゃん」だ。

植村《うえむら》さんが何度《なんど》も見《み》えないだれかに呼《よ》びかけていたのが、ミオちゃん。

それに、この音楽室《おんがくしつ》での会話《かいわ》、マミカの言葉《ことば》は植村《うえむら》さんの言葉《ことば》そのままじゃないか。

偶然《ぐうぜん》かな？

ううん、偶然《ぐうぜん》なんてあるわけない。

そういえば、今回《こんかい》の物語《ものがたり》を届《とど》けてもらった時《とき》、ぼくは前々《まえまえ》から気《き》になっていたことを千《ち》織《おり》さんに聞《き》いた。

「作者《さくしゃ》の人《ひと》って、お友達《ともだち》なんですか？」

「うーん、友達《ともだち》ってわけじゃないかな。友達《ともだち》より、もっと近《ちか》い関係《かんけい》」

満面《まんめん》の笑《え》みを浮《う》かべる千織《ちおり》さん。友達《ともだち》より近《ちか》い関係《かんけい》って、どういうことだろう。もしかして、千織《ちおり》さんの恋人《こいびと》なのかな。

「ストーリーはまだあんまりおもしろくないけど、小学生《しょうがくせい》の女子《じょし》のこと、ほんとによくわかってるなぁって思《おも》うんです。作者《さくしゃ》さんはすごい」

「実体験《じったいけん》をモデルにしてるんだと思《おも》うよ」

ということは、作者《さくしゃ》は女《おんな》の人《ひと》なのかな。千織《ちおり》さんの親友《しんゆう》ってところかもしれない。

夜遅《よるおそ》かったので、ぼくも千織《ちおり》さんもパジャマ姿《すがた》だった。千織《ちおり》さんは赤《あか》いチェック柄《がら》、ぼくは青《あお》いチェック柄《がら》。

「おそろいだね」

千織《ちおり》さんはそう言《い》って、笑《わら》っていた。もしぼくにお姉《ねえ》さんがいたら、小学校《しょうがっこう》五年《ねん》にもなっておそろいはいやだと思《おも》うかもしれない。けれど、千織《ちおり》さんがほんとのお姉《ねえ》さんだったら毎日《まいにち》でも全然《ぜんぜん》気《き》にしないかも。


最近《さいきん》、スイミングスクールが楽《たの》しくない。やたら練習時間《れんしゅうじかん》が長《なが》く感《かん》じる。ほとんどの生徒《せいと》は週《しゅう》に一回《かい》だけなのに、いつから週《しゅう》に二回《かい》も通《かよ》うようになったんだっけ。そうだ、一級《きゅう》になる少《すこ》し前《まえ》からだ。今《いま》となってはどうして練習回数《れんしゅうかいすう》を増《ふ》やしたのか思《おも》い出《だ》せない。

「リン、もっと気合《きあい》入《い》れて泳《およ》げよ。後《うし》ろがつっかえてたぞ」

やっと終《お》わってシャワーをあびていると、新司君《しんじくん》の低《ひく》い声《こえ》が落《お》ちてきた。ぼくより頭《あたま》二つ分《ぶん》くらい大《おお》きい新司君《しんじくん》。見上《みあ》げると水《みず》が思《おも》い切《き》り目《め》に入《はい》ってきて、何《なに》も見《み》えなくなった。

「記録《きろく》も伸《の》びないし、もうやめようかな」

次《つぎ》の進級《しんきゅう》テストで、おそらく直政《なおまさ》は一級《きゅう》に上《あ》がってくる。そして、ぼくの記録《きろく》なんてすぐに抜《ぬ》くような気《き》がする。

「伸《の》びないってのは、伸《の》ばす努力《どりょく》をしてから言《い》え」

ぼくのふにゃふにゃの腕《うで》やおなかの上《うえ》を、シャワーの水《みず》が滑《すべ》り落《お》ちていく。

「えっ、リン、水泳《すいえい》やめるの？」

いつの間《ま》にか隣《となり》に直政《なおまさ》がいた。もう練習《れんしゅう》は終《お》わったというのに、水泳帽《すいえいぼう》をぬいでいるもののゴーグルはかけたままだ。

「こうやってシャワーあびるの、今《いま》ブームなんだ」

こうすれば水《みず》の中《なか》で話《はな》せると、直政《なおまさ》はいつもの得意《とくい》げな顔《かお》だ。水《みず》と言《い》っても、シャワーなんだけど。

「アホだな」

新司君《しんじくん》はそう言《い》いながらも、唇《くちびる》を震《ふる》わせて笑《わら》いをこらえていた。

サウナで今度《こんど》の進級《しんきゅう》テストのことや筋力《きんりょく》トレーニングの仕方《しかた》について話《はな》す二人を見《み》ていると、ますますぼくは元気《げんき》がなくなってきた。ぼくは二人のようには水泳《すいえい》のことが好《す》きじゃないのかもしれない。もう何年《なんねん》もつづけてきたというのにこんなこと思《おも》うなんてな。ぼくにとって水泳《すいえい》って何《なん》なんだろう。

それに、ぼくと直政《なおまさ》の方《ほう》が付《つ》き合《あ》いは長《なが》いのに、新司君《しんじくん》といる方《ほう》が直政《なおまさ》は楽《たの》しそうにしている気《き》がする。たしかに新司君《しんじくん》は泳《およ》ぐのも速《はや》いし物知《ものし》りでかっこいいから、ぼくも好《す》きだけれど。

「のぼせたから先《さき》に出《で》るわ」

ぼくは盛《も》り上《あ》がっている二人を置《お》いて、サウナを出《で》た。

更衣室《こういしつ》には、もうだれもいなかった。換気扇《かんきせん》の音《おと》だけが辺《あた》りに響《ひび》いている。体《からだ》はほとんど乾《かわ》いていたから、頭《あたま》だけタオルでサッとふいて、すぐに服《ふく》を着《き》た。何《なに》も悲《かな》しいことなんてないはずなのに、泣《な》きそうになった。なぜかこんな時《とき》に、植村《うえむら》さんがミオちゃんとやらと楽《たの》しそうに話《はな》していた様子《ようす》が頭《あたま》に浮《う》かんだ。

どうしていろいろとうまくいかないんだろう。新司君《しんじくん》の言《い》うとおり、うまくいくまでの努力《どりょく》なんてしてないのはわかってる。これまでは、努力《どりょく》なんてしなくたって、そこそこ何《なん》でもできていたのになぁ。

外《そと》に出《で》ると、真《ま》っ暗《くら》だった。サウナでほてった顔《かお》の産毛《うぶげ》が、お好《この》み焼《や》きのかつお節《ぶし》のようにゆらゆらゆれている。

さっきは泣《な》きたい気分《きぶん》だったのに、今度《こんど》はイライラしてきた。ぼくはそれをおさえるように、自転車《じてんしゃ》を立《た》ちこぎして帰《かえ》った。

うちに着《つ》いてから、ちょっとやってみようと腕立《うでた》て伏《ふ》せをしてみた。けれど、五回《かい》でもう限界《げんかい》だった。直政《なおまさ》は毎日《まいにち》五十回《かい》していると言《い》っていた。あいつ、すごいんだな。ぼくは五回《かい》でさえ毎日《まいにち》できそうにない。

しばらく部屋《へや》の床《ゆか》にごろんと仰向《あおむ》けになっていた。けれど、思《おも》い直《なお》して今度《こんど》は腹筋《ふっきん》をしてみることにした。

なんとか二十回《かい》と半分《はんぶん》、できた。……直政《なおまさ》は毎日《まいにち》百回《かい》していると言《い》っていたのを思《おも》い出《だ》し、落《お》ち込《こ》む。

がんばって筋《きん》トレをつづけたら、ぼくもあの二人みたいに水泳《すいえい》が好《す》きになるのかな。ほんとはやりたくもないけど、何年《なんねん》もつづけてきた以上《いじょう》、ここで水泳《すいえい》をやめるのはやっぱりもったいないような気《き》がする。

直政《なおまさ》に負《ま》けたくないとか、そういうのとはちがうんだ。いや、もちろん勝《か》てた方《ほう》がいいんだけど、モヤモヤの理由《りゆう》はそんなんじゃない。ずっと、目《め》をキラキラさせながら水泳《すいえい》について話《はな》している直政《なおまさ》と新司君《しんじくん》の姿《すがた》が頭《あたま》から離《はな》れない。

そんな時《とき》、ちょっとうれしいことがあった。ぼくが夏休《なつやす》みに書《か》いた読書感想文《どくしょかんそうぶん》が、なんと優秀賞《ゆうしゅうしょう》をとったのだ。クラスの代表《だいひょう》としてコンクールに出《だ》してもらえただけでじゅうぶんだったのに。

クラスのみんなに拍手《はくしゅ》してもらうのなんて、初《はじ》めてだった。照《て》れ臭《くさ》かったけれど、悪《わる》い気《き》はしない。がんばって書《か》いてよかったなぁ。

これも全部《ぜんぶ》、古屋《ふるや》さんがいい本《ほん》を紹介《しょうかい》してくれたからだ。ずっとお礼《れい》を言《い》いそびれていたので、ぼくはみんなの前《まえ》で古屋《ふるや》さんのことを話《はな》した。古屋《ふるや》さんもぼくの次《つぎ》くらいに照《て》れた顔《かお》でぎこちなく笑《わら》っていた。

「オレも同《おな》じ本《ほん》で感想文《かんそうぶん》書《か》いたのになっ」

直政《なおまさ》はそう言《い》って、ふてくされていた。

「リンの方《ほう》が、文章《ぶんしょう》が上手《じょうず》だったってことじゃないの」

同《おな》じことを思《おも》っていたけれど言《い》わないでおいたのに、鳴川君《なるかわくん》がこう言《い》ったものだから、直政《なおまさ》はますます鼻《はな》をふくらませて不機嫌《ふきげん》な顔《かお》をしていた。直政《なおまさ》がいつもする得意《とくい》げな顔《かお》をして見《み》せると、一瞬《いっしゅん》だけだったのに、鳴川君《なるかわくん》はぶはっと笑《わら》っていた。

Mao 8 新進気鋭《しんしんきえい》の作家先生《さっかせんせい》へ

日曜日《にちようび》の午後《ごご》、私《わたし》が机《つくえ》で本《ほん》を読《よ》んでいると、お姉《ねえ》ちゃんがやってきた。私《わたし》のうちには、お姉《ねえ》ちゃんの部屋《へや》がない。必要《ひつよう》ないと、数少《かずすく》ない部屋《へや》を私《わたし》にゆずってくれたのだ。でも、うちは狭《せま》いのでお姉《ねえ》ちゃんの洋服類《ようふくるい》だけは私《わたし》のクローゼットに入《はい》っている。

今《いま》から出《で》かけるのか、クローゼットを開《あ》けて何枚《なんまい》か服《ふく》を取《と》り出《だ》し、どれを着《き》ようかと選《えら》び始《はじ》めた。

「万緒《まお》、もっとがんばってよね」

いきなりお姉《ねえ》ちゃんが切《き》り出《だ》す。

「さっき読《よ》んだよ、小説《しょうせつ》。安易《あんい》すぎ。転校生《てんこうせい》の新《しん》キャラ作《つく》ってマミカと仲《なか》よくさせるとか。都合《つごう》よすぎるにもほどがある」

私《わたし》もうすうす感《かん》じていたことを、お姉《ねえ》ちゃんはばっさりと言《い》った。

「もうどうすればいいかわかんなくなっちゃったんだもん」

作家《さっか》を目指《めざ》す者《もの》として、一番《いちばん》言《い》ってはいけないことを言《い》った気《き》がしたけれど、気付《きづ》いた時《とき》にはもう言葉《ことば》にしてしまっていた。

「そこは頭使《あたまつか》いなさいよ。これで今度《こんど》はミオと親友《しんゆう》になって、ずっと仲《なか》よく過《す》ごしましたって話《はなし》が終《お》わるんじゃないでしょうね。こんなのリアリティーがない。ありえない」

お姉《ねえ》ちゃんはそうとう気《き》に食《く》わなかったらしい。声《こえ》がいつもよりワントーン低《ひく》い。

「もうどうしようもないくらい離《はな》れちゃったマミカとサオリを仲直《なかなお》りさせる方《ほう》が、それこそありえないよ」

迷《まよ》ったあげく、お姉《ねえ》ちゃんはモスグリーンのチェックのワンピースに決《き》めたようだ。似《に》合《あ》わないからスカートは一枚《まい》も持《も》っていない私《わたし》だけれど、お姉《ねえ》ちゃんがこのワンピースを初《はじ》めて見《み》せてくれた時《とき》は、ちょっとだけ着《き》てみたいと思《おも》ったっけ。

「じゃあ、なんで修復不可能《しゅうふくふかのう》になるくらいまで関係《かんけい》を悪《わる》くさせたのよ。もっと後《あと》のこと考《かんが》えて書《か》きなさいよ」

それは、クラスにいる人《ひと》たちがモデルだから、とは言《い》えなかった。

こてんぱんに言《い》われて、涙《なみだ》がにじみそうだった。けれど、全部図星《ぜんぶずぼし》なのでお姉《ねえ》ちゃんを納得《なっとく》させられるようなことは言《い》い返《かえ》せなかった。

「私《わたし》、古屋万緒先生《ふるやまおせんせい》の一番《いちばん》のファンなんだからね。楽《たの》しみにしてる私《わたし》みたいな読者《どくしゃ》がいるんだから、もっとしっかり書《か》いて！」

練習《れんしゅう》として書《か》いていた物語《ものがたり》に、ここまで言《い》われるとは思《おも》わなかった。

お姉《ねえ》ちゃんが言《い》うのもわかる。隣《となり》のうちの矢吹君《やぶきくん》が読書感想文《どくしょかんそうぶん》で賞《しょう》をとってから、やる気《き》が出《で》なくなっていた。だから、ここ数日《すうじつ》は半分《はんぶん》やけくそで書《か》いていた。とりあえず一行《ぎょう》でも多《おお》く書《か》くことだけを考《かんが》え、ろくに後《あと》のことを考《かんが》えずにストーリーを進《すす》めたのだ。

たしかに、ちょっとマミカの都合《つごう》のいいように書《か》きすぎたとは思《おも》う。短期間《たんきかん》に二回《かい》も転《てん》校生《こうせい》がクラスに来《く》るなんて、なかなかないことだろうし。

でも、マミカにまた笑顔《えがお》を取《と》り戻《もど》すには、新《あたら》しい風《かぜ》のような存在《そんざい》が必要《ひつよう》だったのだ。それには、新《しん》キャラを登場《とうじょう》させるのが一番《いちばん》だと思《おも》った。

「応援《おうえん》したくなるような主人公《しゅじんこう》にしてよね」

お姉《ねえ》ちゃんはそう言《い》うと、ワンピースに着替《きが》え、長《なが》い髪《かみ》を器用《きよう》に編《あ》み込《こ》んでアップにまとめた。そして、これからデートだと香水《こうすい》を手首《てくび》にひとふりして出《で》ていった。オレンジとバニラを混《ま》ぜたような、爽《さわ》やかなのか甘《あま》ったるいのかわからない匂《にお》いがふわっと宙《ちゅう》を舞《ま》い、こっちまでただよってきた。

物語《ものがたり》を書《か》くのって、もっと簡単《かんたん》だと思《おも》っていたのにな。本当《ほんとう》に行動《こうどう》はしなくてもいいものの、その一歩手前《いっぽてまえ》まで、登場人物《とうじょうじんぶつ》たちの問題《もんだい》と向《む》き合《あ》わなきゃならないなんて。そして、実際《じっさい》に行動《こうどう》したつもりで話《はなし》を進《すす》めなくちゃならないんだから。

午後《ごご》の日《ひ》だまりはとても暖《あたた》かく、部屋《へや》は暑《あつ》いくらいだった。

お茶《ちゃ》でも飲《の》もうと部屋《へや》を出《で》ようとすると、床《ゆか》にエメラルドグリーンのパスケースが落《お》ちていた。電車《でんしゃ》の定期券《ていきけん》が入《はい》っている。お姉《ねえ》ちゃんが忘《わす》れていったんだ。

デートなら、待《ま》ち合《あ》わせ場所《ばしょ》に行《い》くのに使《つか》うかもしれない。そう思《おも》った私《わたし》は、すぐにパスケースを手《て》にうちを出《で》た。今《いま》ならまだ間《ま》に合《あ》うかもしれない。

エレベーターを降《お》りて、玄関《げんかん》ホールへ。すると、お姉《ねえ》ちゃんの後《うし》ろ姿《すがた》が見《み》えた。そしてその横《よこ》には、見覚《みおぼ》えのある横顔《よこがお》が。それは、隣《となり》のうちの矢吹君《やぶきくん》だった。

二人は何《なに》やら話《はな》している。デートって、まさか矢吹君《やぶきくん》とじゃないよね。まだ小学生《しょうがくせい》の矢《や》吹君《ぶきくん》と会《あ》うのに香水《こうすい》なんかつけないだろうし。たまたまここで会《あ》っただけだよね。

なぜか私《わたし》は柱《はしら》の陰《かげ》に隠《かく》れて二人を観察《かんさつ》していた。

「いつもありがとうございます」

お姉《ねえ》ちゃんは、矢吹君《やぶきくん》から茶色《ちゃいろ》い封筒《ふうとう》を受《う》け取《と》っている。

「いえいえ、まさかリンちゃんがこんなに楽《たの》しみにしてくれてるなんてね」

「先《さき》が気《き》になって気《き》になって。これからどうなるか、楽《たの》しみです」

いつの間《ま》に二人は仲《なか》よくなったんだろう。やりとりから推測《すいそく》すると、何度《なんど》も会《あ》っているということになる。

こんなことを考《かんが》えていると、外《そと》から一目《ひとめ》で外国人《がいこくじん》とわかる男性《だんせい》が入《はい》ってきた。金髪《きんぱつ》に緑《みどり》色《いろ》の瞳《ひとみ》。まゆりんがいたら、騒《さわ》ぎそうな感《かん》じだ。

「千織《ちおり》！」

お姉《ねえ》ちゃんの名前《なまえ》を呼《よ》んでいる。ということは、もしかして……。

「リンちゃん、私《わたし》の彼氏《かれし》のオースティンよ。カナダ人《じん》なの」

お姉《ねえ》ちゃんは矢吹君《やぶきくん》に早速紹介《さっそくしょうかい》している。妹《いもうと》の私《わたし》より先《さき》に紹介《しょうかい》されるのが何《なん》だか気《き》に食《く》わなくて、私《わたし》は柱《はしら》の陰《かげ》からパッと出《で》た。

「お姉《ねえ》ちゃん、忘《わす》れ物《もの》」

今来《いまき》たかのようにかけよる。

「あ、古屋《ふるや》さん」

矢吹君《やぶきくん》は突然登場《とつぜんとうじょう》したお姉《ねえ》ちゃんの彼氏《かれし》と私《わたし》の顔《かお》を交互《こうご》に見《み》てぽかんと口《くち》を開《あ》けている。

「あ、忘《わす》れてたんだ」

お姉《ねえ》ちゃんは英語《えいご》でオースティンさんに私《わたし》たちのことを紹介《しょうかい》しているようだった。お父《とう》さんの仕事《しごと》の都合《つごう》で私《わたし》はニュージーランドで生《う》まれたけれど、赤《あか》ちゃんのうちに日本に帰《かえ》ってきたそうなので、英語《えいご》はわからない。

「そうそう、オースティンは明日《あした》から万緒《まお》とリンちゃんの小学校《しょうがっこう》のALT《エーエルティー》になるんだって」

「ALT《エーエルティー》？」

矢吹君《やぶきくん》が首《くび》をひねる。

「英語《えいご》の授業《じゅぎょう》の助手《じょしゅ》です。よろしくお願《ねが》いします」

オースティンさんの日本語《ご》は、とてもなめらかだった。そういえば、ネイティブの英語《えいご》の先生《せんせい》が来《く》るとか、前《まえ》にうわさで聞《き》いたことがあったかも。

「じゃあ、またね、リンちゃん。万緒《まお》、届《とど》けてくれてありがとう」

そうして、お姉《ねえ》ちゃんとオースティンさんは出《で》かけていった。今《いま》から映画《えいが》を見《み》に行《い》くそうだ。仲《なか》よさそうに腕《うで》を組《く》む二人の後《うし》ろ姿《すがた》を、私《わたし》たちはだまって見送《みおく》った。

はぁっと、大《おお》きなため息《いき》が横《よこ》で聞《き》こえた。

「千織《ちおり》さんの彼氏《かれし》がぼくたちの先生《せんせい》になるなんて、なんか不思議《ふしぎ》だね」

矢吹君《やぶきくん》はそう言《い》うと、力《ちから》なく肩《かた》を落《お》とした。そういえば、さっきお姉《ねえ》ちゃんに渡《わた》していた茶色《ちゃいろ》い封筒《ふうとう》は何《なん》だったんだろう。何《なに》か借《か》りていたのかな？　聞《き》こうかと思《おも》ったけれど、やめておいた。聞《き》いたらお姉《ねえ》ちゃんとのことが気《き》になっていると言《い》っているみたいで、かっこ悪《わる》い気《き》がしたから。


翌日《よくじつ》、お姉《ねえ》ちゃんが言《い》ったとおり、オースティンさんがうちの学校《がっこう》にやってきた。

「オースティン先生《せんせい》、超《ちょう》かっこいい！」

休《やす》み時間《じかん》、まゆりんは目《め》をハートにして教室《きょうしつ》を出《で》ていくオースティン先生《せんせい》を見送《みおく》っていた。予想《よそう》していたとおりの反応《はんのう》だ。お姉《ねえ》ちゃんの恋人《こいびと》だということは、なんとなく言《い》わないでおくことにした。

「林間学校《りんかんがっこう》、オースティン先生《せんせい》もいっしょに行《い》くんだって」

春乃《はるの》ちゃんもテンションが高《たか》い。

「いよいよ一週間後《しゅうかんご》だよね。楽《たの》しみ！」

私《わたし》はそう言《い》って、話題《わだい》の進行方向《しんこうほうこう》をずらした。これ以上《いじょう》オースティン先生《せんせい》の話《はなし》がつづいたら、思《おも》わず言《い》ってしまいそうだ。

「おやつって、三百円分《えんぶん》だよね。日帰《ひがえ》りの遠足《えんそく》でも二泊《はく》三日《か》の林間学校《りんかんがっこう》でも同《おな》じ額《がく》って、ちょっとおかしいよねー」

甘《あま》いものが大好《だいす》きな緑《みどり》ちゃんが、話《はなし》に乗《の》っかってきてくれた。

「それは大丈夫《だいじょうぶ》。ママがみんなの分《ぶん》もクッキー焼《や》いてくれるって。ママの手作《てづく》りだから、タダでしょ！」

まゆりんもこっちの話《はなし》に入《はい》ってきて、無事《ぶじ》に進路変更完了《しんろへんこうかんりょう》。

「えっ、まゆりんのママ、大変《たいへん》じゃない？」

春乃《はるの》ちゃんに、みんなうなずいた。

「大丈夫《だいじょうぶ》！　ママ、みんなに食《た》べてもらえるのがうれしいみたいだから」

そうなんだ、とうなずきながら、私《わたし》はそっとすみれちゃんを盗《ぬす》み見《み》た。今日《きょう》も、一人席《せき》に座《すわ》って本《ほん》を読《よ》んでいる。あ、あの本《ほん》、私《わたし》も最近読《さいきんよ》んだのだ。昨日《きのう》読《よ》んでいたのは続編《ぞくへん》があるんだけど、知《し》ってるかな？

まゆりんのグループにいるのは、あいかわらず快適《かいてき》だ。わがままだけれどまゆりんはいい子《こ》だし、春乃《はるの》ちゃんだって気《き》は強《つよ》いけれど悪《わる》い子《こ》ではない。なのに、私《わたし》はまだ言《い》いたいことは全部話《ぜんぶはな》せない。矢吹君《やぶきくん》が隣《となり》のうちだってことがばれてしまった時《とき》は、「もう知《し》ってるかと思《おも》った」と言《い》ってなんとかごまかせた。でも、オースティン先生《せんせい》がお姉《ねえ》ちゃんの恋人《こいびと》だとか、物語《ものがたり》を書《か》くのが好《す》きで作家《さっか》を目指《めざ》していることとか、実《じつ》はすみれちゃんと本《ほん》の話《はなし》をしたくてたまらないことなんかは、言《い》えない。

こう考《かんが》えると、友達《ともだち》になった頃《ころ》より話《はな》せないことが増《ふ》えたような気《き》がする。これって、快適《かいてき》ってほんとに言《い》えるのかな？

私《わたし》が隠《かく》していることなんて、他人《たにん》が聞《き》けば取《と》るに足《た》りないことだと思《おも》う。全部話《ぜんぶはな》したところで、「あ、そうなんだ」で終《お》わるかも。けれど、それがいやでもあるんだ。騒《さわ》がれたくない。でも、たいしたことないように扱《あつか》われたくもない。だって、私《わたし》にとっては大切《たいせつ》なことだから。

もう一度《いちど》、すみれちゃんの方《ほう》を見《み》てみる。あ、もうすぐ読《よ》み終《お》わりそう。終《お》わったらきっと、やることがなくなるからトイレに行《い》くんだろうな。

偶然《ぐうぜん》を装《よそお》って、トイレでさっきの本《ほん》のこと、聞《き》いてみようか。「おもしろかった？」って。「私《わたし》も読《よ》んだことあるんだ」って。

「まおりん、聞《き》いてる？」

ぼんやりしていた私《わたし》に、まゆりんが声《こえ》をあげた。

「あ、ごめん。今日《きょう》は寝坊《ねぼう》しちゃってさ。朝《あさ》ご飯《はん》食《た》べてないからおなかすいちゃって」

うまく、ごまかせたかな。

思《おも》えば、私《わたし》はごまかしてばかりだ。そして、気付《きづ》いた。私《わたし》は私《わたし》の大事《だいじ》なことを話《はな》せないんじゃない。話《はな》したくないんだ。

「うわー、今日《きょう》は四時間目《じかんめ》に体育《たいいく》がある日《ひ》なのに」

春乃《はるの》ちゃんはそう言《い》って同情《どうじょう》するかのような顔《かお》をしたけれど、私《わたし》には意地悪《いじわる》を言《い》われたようにしか思《おも》えなかった。ま、ほんとは食《た》べてきてるから大丈夫《だいじょうぶ》なんだけど。

私《わたし》は、私《わたし》が一番大事《いちばんだいじ》だ。だから波風《なみかぜ》が立《た》つ可能性《かのうせい》がある話題《わだい》は避《さ》けて、グループの中《なか》で快適《かいてき》に過《す》ごしていればいい。

でも、これって本当《ほんとう》に、自分《じぶん》を大事《だいじ》にしていることになるのかな？

「今《いま》、何《なに》か落《お》ちる音《おと》しなかった？」

四時間目《じかんめ》の体育《たいいく》の時間《じかん》が始《はじ》まる前《まえ》、私《わたし》たちは体操服《たいそうふく》に着替《きが》えていた。まゆりんの声《こえ》に、みんな手《て》を止《と》めて床《ゆか》をきょろきょろと見回《みまわ》す。

「あっ！」

思《おも》わず声《こえ》をあげた。そして、さっとかがんで拾《ひろ》い上《あ》げ、それをぬいだばかりのジーパンのポケットに戻《もど》す。そして、同《おな》じ場所《ばしょ》に入《い》れていた家《いえ》のかぎをサッと取《と》り出《だ》した。

「私《わたし》のかぎだった」

私《わたし》はかぎを持《も》った手《て》を高々《たかだか》と上《あ》げてみんなに見《み》えるようにゆらした。

「まおりん、気《き》を付《つ》けないとー」

まゆりんの言葉《ことば》に、みんなまた着替《きが》えを始《はじ》めた。

「うん、気《き》をつける。ほんとに」

ドキドキした。だれにも、見《み》られてないよね？　もし見《み》られていたら、自分《じぶん》が落《お》としただなんて、とてもじゃないけど言《い》えなかった。だって、落《お》としたのはすみれちゃんの髪留《かみど》めだったんだから。まだ体育《たいいく》の授業《じゅぎょう》が始《はじ》まってもないのに、額《ひたい》に汗《あせ》がにじむ。

「まおりん、体調悪《たいちょうわる》い？　大丈夫《だいじょうぶ》？」

思《おも》わず出《で》たため息《いき》を聞《き》いた緑《みどり》ちゃんが、私《わたし》の顔《かお》をのぞきこむ。

「ううん。大丈夫《だいじょうぶ》、大丈夫《だいじょうぶ》」

わかってしまった。私《わたし》は自分《じぶん》が大事《だいじ》なんじゃない。楽《らく》したいだけなんだ。

ほんとは、何《なん》の苦労《くろう》もしないで親友《しんゆう》がほしい。自分《じぶん》をわかってくれる人《ひと》がほしい。ややこしいことに巻《ま》き込《こ》まれたくない。だれにもきらわれたくない。

物語《ものがたり》の中《なか》でくらい、私《わたし》の理想《りそう》を忠実《ちゅうじつ》に表現《ひょうげん》しよう。マミカとミオには、私《わたし》のできないことを全部《ぜんぶ》やってもらおう。

その日《ひ》家《いえ》に帰《かえ》った私《わたし》は、宿題《しゅくだい》もしないで物語《ものがたり》を書《か》き始《はじ》めた。

私《わたし》とミオちゃんは、いつも二人でいました。どこへ行《い》くのもずっといっしょです。ミオちゃんはクラスの他《ほか》の人《ひと》と話《はな》すことがあっても、すぐに私《わたし》のところに戻《もど》ってきてくれるので、その度《たび》に私《わたし》はほっとしていました。

ミオちゃんは、もう気付《きづ》いているかも。私《わたし》がクラスでひとりぼっちだったのを。でも、ミオちゃんは何《なに》も聞《き》いてきません。だから私《わたし》は話《はな》す機会《きかい》がないまま今《いま》まで過《す》ごしてきてしまいました。

気《き》をつかってくれてるんだろうな。ミオちゃんはやさしいから。でも、もう親友《しんゆう》なんだから、聞《き》いてほしいなと思《おも》うのは私《わたし》のわがままなのかな。聞《き》いてくれたら、何《なに》があったか全部話《ぜんぶはな》すのに。

「ミオちゃん、どうして私《わたし》がクラスで浮《う》いてるか、聞《き》かないの？」

「うん、実《じつ》は気《き》になってた」

「やっぱり。それがね、私《わたし》にもわかんないの。自分《じぶん》のことなのに、変《へん》でしょ。ずっと考《かんが》えてるんだけどね。でも、いつかはこうなっていたのかもって気《き》もするの。これ以《い》上相手《じょうあいて》に合《あ》わせるのは、無理《むり》だったのかも。私《わたし》は私《わたし》を必要《ひつよう》としてくれる人《ひと》といっしょにいたいと思《おも》ってただけなんだけど」

いつだってサオリは、「マミカ、マミカ」って頼《たよ》りにしてくれたんだ。私《わたし》はそれがうれしかった。けど、リサと仲《なか》よくなってからは、私《わたし》は不必要《ふひつよう》になったみたい。私《わたし》はずっと親友《しんゆう》だと思《おも》ってたのに。

「それって、サオリちゃん？」

「わかってたの？」

「うん。でも、それはまちがってるよ。マミちゃんがいっしょにいたい人《ひと》といっしょにいなきゃ」

私《わたし》がいっしょにいたい人《ひと》?

目《め》の前《まえ》のミオちゃんは、今《いま》にも泣《な》きそうな顔《かお》をしていました。

「そうだね。ミオちゃん、ありがとう」

私《わたし》は今《いま》、ミオちゃんといっしょにいたいからいっしょにいるんだ。こんなにやさしくて、趣味《しゅみ》も同《おな》じで気《き》の合《あ》う子《こ》なんて、きっとどこを探《さが》してもいません。

「何《なに》か私《わたし》にできることがあったら、協力《きょうりょく》するからね」

ミオちゃんはそう言《い》って、今《いま》まで見《み》た中《なか》で一番《いちばん》かわいく笑《わら》ってくれました。


ここまで書《か》き上《あ》げて、私《わたし》はノートパソコンのキーボードからそっと手《て》を離《はな》した。上書《うわが》き保存《ほぞん》をしながら、今回《こんかい》は久《ひさ》しぶりにマミカの本心《ほんしん》がうまく書《か》けたんじゃないかと思《おも》った。さぁ、プリントアウトして、お姉《ねえ》ちゃんに渡《わた》しにいこう。

けれど、急《きゅう》に立《た》ち上《あ》がったからか頭《あたま》がクラっときて、またいすに座《すわ》り込《こ》んでしまった。今《いま》、書《か》き終《お》えたばかりのところを読《よ》んでみる。……もうちょっと見直《みなお》した方《ほう》がいいかも。もっとマミカの気持《きも》ちをうまく表現《ひょうげん》できる書《か》き方《かた》があるかもしれない。

もうずいぶんと長《なが》く書《か》いてきているのに、こんなことを思《おも》うなんて初《はじ》めてだった。ここは大事《だいじ》な場面《ばめん》だから、自分《じぶん》が納得《なっとく》できるまではお姉《ねえ》ちゃんには見《み》せないでおこう。

それは、林間学校《りんかんがっこう》まであと五日《か》という日《ひ》の夜《よる》のことだった。お姉《ねえ》ちゃんがアイスクリームと四つに折《お》りたたんだ紙切《かみき》れを私《わたし》の前《まえ》に出《だ》してきた。アイスクリームは、お姉《ねえ》ちゃんが大好《だいす》きなチョコ味《あじ》ので、一口《ひとくち》はくれても全部《ぜんぶ》くれるなんてことは絶対《ぜったい》にないくらい、お気《き》に入《い》りのものだった。

「どうしたの？」

「これ、万緒《まお》へお手紙《てがみ》。それからアイスは、私《わたし》なりのおわびの印《しるし》」

どういうことだろう。

とりあえず私《わたし》は「万緒《まお》」と自分《じぶん》の名前《なまえ》をアイスクリームの箱《はこ》に書《か》き、冷凍庫《れいとうこ》に戻《もど》した。こうしておかないと、お姉《ねえ》ちゃんがまちがえて食《た》べてしまう。

私《わたし》への手紙《てがみ》って、何《なん》だろう。お姉《ねえ》ちゃん、言《い》いたいことがあるなら口《くち》で言《い》えばいいのに。

紙切《かみき》れを開《ひら》くと、一目《ひとめ》でお姉《ねえ》ちゃんの字《じ》ではないとわかる、お世辞《せじ》にもきれいとは言《い》えない文字《もじ》がずらりと並《なら》んでいた。

新進気鋭《しんしんきえい》の作家先生《さっかせんせい》へ

こんばんは。いきなりのお手紙《てがみ》なのに、読《よ》んでくれてありがとうございます。ぼくは、いつも先生《せんせい》の作品《さくひん》を読《よ》ませてもらっています。小学生《しょうがくせい》の女《おんな》の子《こ》たちの気持《きも》ちがすごく細《こま》かく表現《ひょうげん》されていて、読《よ》む度《たび》にすごいなと関心《かんしん》しています。

今日《きょう》は報告《ほうこく》とお願《ねが》いがあって、手紙《てがみ》を書《か》いています。

報告《ほうこく》というのは、信《しん》じてもらえないかもしれないですけど、先生《せんせい》の作品《さくひん》と同《おな》じようなことがぼくの通《かよ》っている小学校《しょうがっこう》のクラスで起《お》きているんです。二人目《め》の転校生《てんこうせい》のミオは、名前《なまえ》まで同《おな》じなんです。と言《い》っても、本当《ほんとう》に二人目《め》の転校生《てんこうせい》が来《き》たわけではありません。うちのクラスのU《ユー》さんだけが見《み》えているみたいなんです。こんなおかしなことあるわけないってぼくも思《おも》っていたんですが、主人公《しゅじんこう》のマミカとミオの会話《かいわ》がそのままいっしょなんです。ぼくの他《ほか》の友達《ともだち》も、マミカとミオがした会話《かいわ》と同《おな》じ内容《ないよう》を聞《き》いているようです。

Elegant

もしかして、先生《せんせい》の作品《さくひん》には不思議《ふしぎ》な力《ちから》があって、それがU《ユー》さんにまぼろしのミオを見《み》せているのかもしれません。でも、ミオなんて子《こ》は実在《じつざい》しないのですから、このままだとU《ユー》さんはもっとクラスで浮《う》いてしまいます。

そこで、お願《ねが》いがあります。先生《せんせい》の作品《さくひん》のマミカとサオリを仲直《なかなお》りさせてほしいんです。うちのクラスのU《ユー》さんとK《ケー》さんは、前《まえ》は仲《なか》がすごくよかったんです。ぼくはU《ユー》さんがとても心配《しんぱい》です。ぼくもできることはやりたいと思《おも》っていますが、先生《せんせい》が作品《さくひん》の中《なか》でマミカとサオリを仲直《なかなお》りさせてくれたら、きっとU《ユー》さんとK《ケー》さんもうまくいくと思《おも》います。

文章《ぶんしょう》を書《か》くことは、難《むずか》しいですね。ぼくはこの手紙《てがみ》をここまで書《か》くのに三時間《じかん》もかかってしまいました。これからもがんばってください。応援《おうえん》しています。いつかお会《あ》いできる日《ひ》を楽《たの》しみにしています。

矢吹凛太《やぶきりんた》より

Rin 9 ゴーグルの中《なか》

何《なに》がきっかけで、植村《うえむら》さんはこんなにも孤立《こりつ》してしまったんだろう。

周《まわ》りの女子《じょし》たちは、もう一人《ひとり》残《のこ》らず植村《うえむら》さんを避《さ》けているようだった。その雰囲気《ふんいき》を振《ふ》り払《はら》うかのように平気《へいき》そうな顔《かお》をして、植村《うえむら》さんは休《やす》み時間《じかん》の度《たび》に本《ほん》ばかり読《よ》んでいる。

最近《さいきん》は、ぼく以外《いがい》の男子《だんし》も植村《うえむら》さんのことを気《き》にするようになっていた。

「植村《うえむら》、さっき一人でしゃべりながらトイレから出《で》てきた」

直政《なおまさ》も、植村《うえむら》さんのひとりごとを聞《き》いた一人だった。

「何《なん》の話《はなし》してたの？」

「ジャズがどうとかクラシックがどうとかって、オレにはわかんなかったけど」

きっと、また「ミオちゃん」と音楽《おんがく》の話《はなし》をしていたんだ。ジャズなんかの話《はなし》は、この前《まえ》千織《ちおり》さんから借《か》りた分《ぶん》の物語《ものがたり》に書《か》いてあった。また、同《おな》じことが起《お》こったにちがいない。

「昼休《ひるやす》みは見《み》えないだれかと、作曲家《さっきょくか》がどうとか語《かた》り合《あ》ってた」

鳴川君《なるかわくん》も、目撃《もくげき》したようだ。

ここのところずっと、夜遅《よるおそ》くに千織《ちおり》さんから物語《ものがたり》を受《う》け取《と》ることが多《おお》いから、朝一番《あさいちばん》に学校《がっこう》に持《も》ってきて友達《ともだち》が来《く》る前《まえ》に読《よ》んでいる。休《やす》み時間《じかん》、だれにも見《み》られないようにこっそりと物語《ものがたり》を確認《かくにん》すると、作曲家《さっきょくか》の話《はなし》も書《か》いてあった。

このままじゃまずいな、と思《おも》った。ぼくだけがあの物語《ものがたり》のことを知《し》っているから、不思議《ふしぎ》な現象《げんしょう》だってことがわかるけれど、他《ほか》の人《ひと》からすれば、植村《うえむら》さんがおかしくなったと思《おも》うだろう。


日曜日《にちようび》の午後《ごご》、お母《かあ》さんからおつかいを頼《たの》まれたぼくは、うちを出《で》た。エレベーターを降《お》りると、マンションの玄関《げんかん》ホールにだれかいるのが見《み》えた。

千織《ちおり》さんだ。だれかを待《ま》っているようで、携帯電話《けいたいでんわ》を見《み》ながら心《こころ》なしかそわそわしている。深緑《ふかみどり》のチェックのワンピース姿《すがた》で、いつもおしゃれだけれど、今日《きょう》は特《とく》に気合《きあい》が入《はい》っているような気《き》がする。

そうだ、千織《ちおり》さんにお願《ねが》いして、物語《ものがたり》の作家先生《さっかせんせい》に会《あ》わせてもらおう。そして、「ミオちゃん」をどうにかしてほしいと頼《たの》んでみるんだ。

ぼくはサッと家《いえ》に戻《もど》り、借《か》りていた分《ぶん》の物語《ものがたり》が入《はい》った茶色《ちゃいろ》い封筒《ふうとう》を持《も》って出《で》た。

今《いま》から出《で》かける人《ひと》に荷物《にもつ》を持《も》たせるなんて、よくなかったかな。後《うし》ろから声《こえ》をかけようとした瞬間《しゅんかん》、こう思《おも》ったけれど、もう遅《おそ》かった。

「リンちゃんもお出《で》かけ？」

背中《せなか》に目《め》がついてるんだろうか？　千織《ちおり》さんはパッと振《ふ》り向《む》くなり言《い》った。

「えっと、はい」

「さっきもここに来《こ》なかった？　走《はし》ってく後《うし》ろ姿《すがた》を見《み》た気《き》がするんだけど」

「え、あ、はい」

取《と》りに戻《もど》ったの、見《み》られてたんだ。

「あ、わざわざ小説《しょうせつ》取《と》りにいってくれたんだね」

何《なん》でもお見通《みとお》しのようだ。

千織《ちおり》さんはこれから「デート」だと言《い》う。聞《き》き慣《な》れない言葉《ことば》だ。千織《ちおり》さんは大人《おとな》なんだから、デートぐらいするよな。そう思《おも》いながらも、言葉《ことば》一つで千織《ちおり》さんとの距離《きょり》を突《つ》き放《はな》されたことが、何《なん》だかちょっとショックだった。

「この物語《ものがたり》の作家先生《さっかせんせい》って、千織《ちおり》さんの親友《しんゆう》なんですよね？　会《あ》わせてもらうことって、できませんか？」

ショックを顔《かお》に出《だ》さないように、ぼくは早口《はやくち》に言《い》った。

もしかして、まずいことを言《い》ったのかな。千織《ちおり》さんは、なぜかだまって考《かんが》え込《こ》んでいる。

「無理《むり》ですか？」

「無理《むり》じゃないけど……。そうだ、手紙《てがみ》にしてくれないかな？　ちゃんと渡《わた》すから」

「手紙《てがみ》、ですか……」

「うん。その方《ほう》がちゃんと伝《つた》わると思《おも》うの」

手紙《てがみ》なんて、幼稚園《ようちえん》の頃《ころ》におばあちゃんに書《か》いたのが最後《さいご》だ。

「わかりました。手紙《てがみ》に書《か》きます。これ、出《で》かける前《まえ》にすみません。いつもありがとうございます」

茶色《ちゃいろ》の封筒《ふうとう》を、千織《ちおり》さんは快《こころよ》く受《う》け取《と》ってくれた。

「いえいえ、まさかリンちゃんがこんなに楽《たの》しみにしてくれてるなんてね」

少《すこ》ししてやってきたのは、オースティンさんという千織《ちおり》さんのカナダ人《じん》の恋人《こいびと》だった。

そして、タイミングを見計《みはか》らったかのように古屋《ふるや》さんも玄関《げんかん》ホールにやってきた。

オースティンさんは、驚《おどろ》いたことに明日《あした》からぼくたちの学校《がっこう》の英語《えいご》の先生《せんせい》になるそうだ。すらすらと英語《えいご》で話《はな》す千織《ちおり》さんは、やっぱりものすごくかっこよかった。ぼくも、しっかり英語《えいご》を勉強《べんきょう》したら、あんな風《ふう》になれるかな。そうしたら、今《いま》は一人もいないけど、外国《がいこく》人《じん》の友達《ともだち》ができるかも。


スイミングスクールで、ぼくはずっと作家先生《さっかせんせい》へ書《か》く手紙《てがみ》のことを考《かんが》えていた。手紙《てがみ》って、どんな風《ふう》に書《か》いたらいいんだろう。千織《ちおり》さんの親友《しんゆう》っていうことは大人《おとな》だろうから、失礼《しつれい》があっては大変《たいへん》だ。

「リン！　もっとスピードアップ！」

考《かんが》えながら泳《およ》いでいると、先生《せんせい》に怒《おこ》られてしまった。

練習中《れんしゅうちゅう》は、ずっと泳《およ》いでいるわけではない。途中《とちゅう》、数分《すうふん》だけど一度《いちど》だけ休《やす》み時間《じかん》がある。その間《あいだ》は、水《みず》にプカプカとただよったり、友達《ともだち》としゃべったり、トイレに行《い》ったりと、みんなそれぞれしたいことをして過《す》ごす。

トイレから戻《もど》ってきて、びっくりした。なんと直政《なおまさ》がぼくと新司君《しんじくん》のいるコースのプールに入《はい》っていたのだ。

「直政《なおまさ》、どうしたの？」

ぼくはドボンと音《おと》を立《た》てて直政《なおまさ》の横《よこ》に飛《と》び込《こ》んだ。

「直政《なおまさ》は今日《きょう》からこっちで泳《およ》ぐことになったんだ」

と、先生《せんせい》。そして直政《なおまさ》の水泳帽《すいえいぼう》を荒《あら》っぽくなでた。

「だって、みんな遅《おそ》すぎるんだ」

そう言《い》って、水《みず》の中《なか》でブクブクと息《いき》をはいている。

直政《なおまさ》は隣《となり》の二級《きゅう》のコースを、いつも先頭《せんとう》で泳《およ》いでいた。練習《れんしゅう》は、上《うえ》の級《きゅう》になれば大抵《たいてい》五十メートルずつ数回《すうかい》つづけて泳《およ》ぐんだけれど、なんでも直政《なおまさ》は最近速《さいきんはや》すぎて一番後《いちばんうし》ろの子《こ》に追《お》いついてしまうらしい。だから、まだ二級《きゅう》だけれど一級《きゅう》のコースに来《き》たとのこと。

まさか、もう直政《なおまさ》といっしょに泳《およ》ぐことになるなんて。いつかこんな日《ひ》が来《く》るのはわかっていた。でも、それは直政《なおまさ》が正式《せいしき》に一級《きゅう》になってからだと思《おも》っていた。まだ二級《きゅう》の直政《なおまさ》が来《き》たという事実《じじつ》の方《ほう》が、今《いま》のぼくにとっては脅威的《きょういてき》だった。

「直政《なおまさ》、前《まえ》に行《い》っていいよ」

いつも先頭《せんとう》の新司君《しんじくん》の次《つぎ》に泳《およ》いでいたぼく。でも、直政《なおまさ》に追《お》いかけられるのが何《なん》だかいやで、ぼくは順番《じゅんばん》をゆずった。

「いいの？」

直政《なおまさ》の声《こえ》がはずむ。

「ぼく、今日《きょう》はなんか頭《あたま》がぼうっとするし」

ちがう。ぼくは自信《じしん》がないんだ。

「えっ、風邪《かぜ》？　大丈夫《だいじょうぶ》？」

「大丈夫《だいじょうぶ》、大丈夫《だいじょうぶ》」

先生《せんせい》の合図《あいず》で、先頭《せんとう》の新司君《しんじくん》が泳《およ》ぎだす。間《あいだ》を十秒《びょう》空《あ》けて、次《つぎ》は直政《なおまさ》。

そして、ぼくもスタート。泳《およ》ぎながら、なぜか胸《むね》がきゅうっと痛《いた》くなった。ゴーグルに生温《なまあたた》かい水《みず》が入《はい》ってきた。視界《しかい》がだんだんと悪《わる》くなる。

直政《なおまさ》は、速《はや》かった。

ぼくだって、遅《おそ》いわけじゃない。なのに、全然《ぜんぜん》追《お》いつかない。つっかえないように間隔《かんかく》を十秒《びょう》空《あ》けるルールがあるんだから、追《お》いつかなくて普通《ふつう》なんだけど。

五十メートル泳《およ》ぎきってゴーグルをはずしてみると、中《なか》はプールの水《みず》じゃなくて、目《め》から出《で》たものだったんだと気付《きづ》いた。さっきまでは感《かん》じなかったのに、今《いま》は歯《は》ががちがちいうくらい寒《さむ》い。

「リン、目《め》が赤《あか》い。ゴーグルに水《みず》が入《はい》ったの？」

直政《なおまさ》は息一《いきひと》つ切《き》らしていない。

「うん、そうみたい」

ぼく、今日《きょう》はうそばかりついてるな。

その自分《じぶん》のうそに一番傷付《いちばんきずつ》いてるのは、ぼくだ。

「次《つぎ》からも、直政《なおまさ》はこっちのコースで泳《およ》ぐの？」

練習《れんしゅう》が終《お》わってから、こっそりと先生《せんせい》に聞《き》いてみた。

「あいつはもうすっかりその気《き》みたいだぞ」

先生《せんせい》の視線《しせん》の先《さき》には、シャワーをあびている直政《なおまさ》がいた。今日《きょう》もゴーグルをかけたままはしゃいでいる。

「なんで、あんなに元気《げんき》なんですかね」

ぼくは精《せい》いっぱい苦笑《にがわら》いしてみせた。

「おいおい、何言《なにい》ってんだ。同《おな》い年《どし》だろ。直政《なおまさ》に聞《き》いてないのか？　オリンピック選手《せんしゅ》になりたいんだとさ」

「オリンピック選手《せんしゅ》って、水泳《すいえい》の？」

そういえば直政《なおまさ》がスイミングスクールに通《かよ》い始《はじ》める前《まえ》の年《とし》、オリンピックで日本人《じん》の水《すい》泳選手《えいせんしゅ》がたくさんメダルを取《と》っていた。ちょうど夏休《なつやす》みに開催《かいさい》されていて、ぼくはスポーツに興味《きょうみ》なかったけれど、水泳《すいえい》だけは見《み》ようと直政《なおまさ》をさそってテレビで見《み》たっけ。あの時《とき》、直政《なおまさ》はぼく以上《いじょう》に声《こえ》をあげて応援《おうえん》していた。

「直政《なおまさ》、案外《あんがい》いい線《せん》いくかもしれないぞ」

先生《せんせい》はそう言《い》って目《め》を細《ほそ》めた。

そっか、そうだったんだ。だから急《きゅう》にスイミングスクールに通《かよ》い始《はじ》めたり、体《からだ》をきたえたりし始《はじ》めたんだ。

さっきまでの締《し》めつけられるような胸《むね》の痛《いた》みが、なぜだかすっと引《ひ》いた。けれど、ちょっとやけどした後《あと》みたいなヒリヒリとした感《かん》じだけが体《からだ》の奥《おく》の方《ほう》に残《のこ》った。

いつの間《ま》に直政《なおまさ》は夢《ゆめ》なんて持《も》つようになったんだろう。直政《なおまさ》ががんばる理由《りゆう》がわかってスッキリしたはずなのに、なぜだかもっとモヤモヤした。何《なん》なんだ、今日《きょう》のぼくは。

家《いえ》に帰《かえ》って、スイミングスクールであったことを振《ふ》り切《き》るように、ぼくは作家先生《さっかせんせい》への手紙《てがみ》を書《か》いた。

自分《じぶん》の気持《きも》ちを文字《もじ》にするのって、やっぱり難《むずか》しいな。読《よ》んだ人《ひと》がわかりやすいように書《か》くには、考《かんが》えていることをただかき集《あつ》めて並《なら》べるだけではダメだ。

ぼくは夜中《よなか》までかかって、ようやく手紙《てがみ》を仕上《しあ》げた。そして翌日《よくじつ》の朝《あさ》、家《いえ》の前《まえ》で千織《ちおり》さんに渡《わた》した。

「ずいぶん早《はや》く書《か》いたのね」

「急《いそ》ぎの手紙《てがみ》なんです」

「そ、そうなんだ」

千織《ちおり》さんはぎこちなく答《こた》えると、仕事《しごと》に遅《おく》れると小走《こばし》りで行《い》ってしまった。

これできっと、作家先生《さっかせんせい》がどうにかしてくれる。ぼくはだれもいなくなったマンションの廊下《ろうか》で、ふうっと長《なが》いため息《いき》をついた。


それから三日《か》たった。

なぜか今日《きょう》は、朝《あさ》から古屋《ふるや》さんの視線《しせん》がどこに行《い》ってもついてくる。もちろん目《め》はハートなんかじゃなくて、どちらかというとブーメランみたいなとがった感《かん》じだ。

今日《きょう》も古屋万緒《ふるやまお》さんは、片倉真由里《かたくらまゆり》さんと桐谷春乃《きりたにはるの》さん、渡辺緑《わたなべみどり》さんといっしょにいる。そういえば、植村《うえむら》さんが片倉《かたくら》さんと仲《なか》よくなくなったのは、古屋《ふるや》さんが転校《てんこう》してきてからだなぁ。もちろん、古屋《ふるや》さんが悪《わる》いわけじゃないんだけど。まるであの物語《ものがたり》では、古屋《ふるや》さんはリサだ。

ぼくたちは、林間学校《りんかんがっこう》の班別《はんべつ》に図書館《としょかん》でしおりを作《つく》っていた。自分《じぶん》たちが散策《さんさく》するルートや調《しら》べたことを書《か》き込《こ》むのだ。いよいよ林間学校《りんかんがっこう》まで後四日《あとか》だ。

今日《きょう》の図書館《としょかん》には、ぼくたちの班以外《はんいがい》に古屋《ふるや》さんの班《はん》もいた。古屋《ふるや》さんたちは、ちょうどぼくの後《うし》ろのテーブルで作業《さぎょう》している。

こんな声《こえ》が聞《き》こえてきた。

「まおりんってさ、なんか秘密主義《ひみつしゅぎ》じゃない？　あんまり自分《じぶん》のこと話《はな》さないよね」

思《おも》わず振《ふ》り向《む》くと、片倉《かたくら》さんが頬杖《ほおづえ》をついている。古屋《ふるや》さんは席《せき》にいなかった。トイレに行《い》ったのかな。

「それ、わかるー。うちらのことは何《なん》でも聞《き》くくせにね。自分《じぶん》のこと、特別《とくべつ》だと思《おも》ってるっぽいよね」

今度《こんど》は桐谷《きりたに》さん。ぼくは古屋《ふるや》さんとまともにしゃべったことがないからわかんないけれど、そんな言《い》い方《かた》ないんじゃないかと思《おも》った。いつもいっしょにいる人《ひと》なのに、いない時《とき》に悪口《わるぐち》を言《い》うなんて。

「たまに、愛想笑《あいそわら》いしてるよね」

渡辺《わたなべ》さんの言葉《ことば》に、二人はそうそうとうなずいている。ぼく、直政《なおまさ》によくするけどな。

「私《わたし》たち、信用《しんよう》されてないのかな」

また、片倉《かたくら》さん。ぼくは聞《き》いているのがばれたらまずいと思《おも》い、視線《しせん》をずらした。すると、思《おも》いがけない人《ひと》が図書館《としょかん》の奥《おく》からやってきて、話《はなし》に入《はい》ってきた。

「悪口《わるぐち》ですか？」

それは、オースティン先生《せんせい》だった。パッと姿勢《しせい》を正《ただ》す、片倉《かたくら》さん。

「いえ、ちがうんです。ただの女子《じょし》トークですよー」

片倉《かたくら》さんは、持《も》っていたペンをさっと置《お》いて、身《み》を乗《の》り出《だ》した。

「じゃあ、古屋《ふるや》さんが聞《き》いても大丈夫《だいじょうぶ》ですね」

「えっと、それは……」

三人《にん》はうつむいてだまってしまった。

「悪口《わるぐち》を言《い》ってもいいのは、今《いま》まで一度《いちど》も悪《わる》いことをしたことがない人《ひと》だけなんですよ」

オースティン先生《せんせい》はつづけた。

「と、私《わたし》の母《はは》がいつも口《くち》うるさく言《い》っていました。あ、これも悪口《わるぐち》なのかな」

三人《にん》は同時《どうじ》に顔《かお》をぱっと上《あ》げて、笑《わら》った。

オースティン先生《せんせい》は、授業《じゅぎょう》がない時《とき》は図書館《としょかん》に来《き》て日本語《ご》の勉強《べんきょう》をしているそうだ。詩集《ししゅう》を手《て》に、「夕焼《ゆうや》け小焼《こや》け」の「小焼《こや》け」って何《なん》でしょうねと片倉《かたくら》さんたちにたずね、困《こま》らせている。もうだれも古屋《ふるや》さんのことは忘《わす》れていた。

しばらくして、ぼくに気付《きづ》いたオースティン先生《せんせい》はパチンとウィンクし、行《い》ってしまった。オースティン先生《せんせい》が古屋《ふるや》さんのお姉《ねえ》さんの恋人《こいびと》だということは、みんなには言《い》わないでおこうと思《おも》った。

早《はや》くぼくもしおりを仕上《しあ》げてしまわないと。テーブルに向《む》き直《なお》ると、前《まえ》に座《すわ》っていた植《うえ》村《むら》さんと目《め》が合《あ》った。

「オースティン先生《せんせい》、いいこと言《い》うね」

と、小声《こごえ》で言《い》う。植村《うえむら》さんも一部始終《いちぶしじゅう》を見《み》ていたようだ。

「えっ、何《なん》の話《はなし》?」

ずっと静《しず》かだと思《おも》っていたら、直政《なおまさ》はしおりの表紙《ひょうし》のイラストに一生懸命《いっしょうけんめい》色《いろ》をぬっていたようだ。

「いや、何《なん》でもないよ。って、それ、ぼくのしおりなんだけど」

「オレのしおりは、もうぬっちゃったからさー」

直政《なおまさ》の前《まえ》に座《すわ》っている鳴川君《なるかわくん》がヒーっと声《こえ》をあげた。そして、見《み》てとばかりに自分《じぶん》のしおりを突《つ》き出《だ》した。それには、やたらとカラフルなおじいさんとおばあさんが楽《たの》しげに歩《ある》く姿《すがた》が。あれ、表紙《ひょうし》のイラストって男《おとこ》の子《こ》と女《おんな》の子《こ》じゃなかったっけ。

鳴川君《なるかわくん》の、大《おお》きなため息《いき》が聞《き》こえる。そうか、直政《なおまさ》のいたずらか。鳴川《なるかわ》くんのしおりをちらりと見《み》て、植村《うえむら》さんは自分《じぶん》のしおりをさっと手元《てもと》に引《ひ》き寄《よ》せていた。

Mao 10

いっしょの会話《かいわ》

私《わたし》は怒《おこ》っていた。お姉《ねえ》ちゃんが、何《なん》の断《ことわ》りもなしにクラスメートの男子《だんし》に物語《ものがたり》を読《よ》ませていたんだから。しかも、よりによって読書感想文《どくしょかんそうぶん》で入賞《にゅうしょう》した矢吹君《やぶきくん》だなんて。

ありえない。

アイスクリーム一つなんかで許《ゆる》せるはずがない。

「作者《さくしゃ》が万緒《まお》だってことは、まだばれてないよ」

だからたいしたことないじゃないと、お姉《ねえ》ちゃんは言《い》いたげだ。そういう問題《もんだい》じゃない。

それにしても、矢吹君《やぶきくん》からの手紙《てがみ》に変《へん》なことが書《か》かれていた。物語《ものがたり》の内容《ないよう》がうちのクラスに起《お》きていることに似《に》ているのは、モデルがクラスにいるんだから当然《とうぜん》のことだ。でも、書《か》いていたとおり転校生《てんこうせい》なんて来《き》ていないし、ミオって名前《なまえ》の子《こ》はうちのクラスにはいない。それに、最近《さいきん》はすみれちゃんとは話《はな》していないんだから、マミカとミオの会話《かいわ》は完全《かんぜん》な私《わたし》の創作《そうさく》だ。

今日《きょう》の四時間目《じかんめ》は、林間学校《りんかんがっこう》のしおりを図書館《としょかん》で作《つく》った。白井君《しらいくん》や鳴川君《なるかわくん》と楽《たの》しそうにしゃべっている矢吹君《やぶきくん》。お姉《ねえ》ちゃんが言《い》ったことはまちがいないようだ。もし作者《さくしゃ》が私《わたし》だってばれていたら、こっちを見《み》てくるような気《き》がする。

「見《み》て、白井君《しらいくん》、しおりに色《いろ》ぬってる」

春乃《はるの》ちゃんが小声《こごえ》で言《い》う。

「あ、ほんとだ。私《わたし》たちも、ぬる？」

まゆりんと春乃《はるの》ちゃんは、ちらちらと矢吹君《やぶきくん》の班《はん》をのぞいている。同《おな》じ机《つくえ》にいるすみれちゃんについては、あえて触《ふ》れない。

「それじゃあ私《わたし》、教室《きょうしつ》から色鉛筆《いろえんぴつ》を持《も》ってくるよ」

私《わたし》の色鉛筆《いろえんぴつ》は、この前新《まえあたら》しいのを買《か》ってもらったばかりで、色《いろ》の数《かず》がみんなが持《も》っているのよりも二倍《ばい》くらい多《おお》いものだった。

「いいの？　私《わたし》、まおりんの色鉛筆《いろえんぴつ》、使《つか》ってみたかったんだー」

私《わたし》は一人、教室《きょうしつ》を出《で》た。

なのに、色鉛筆《いろえんぴつ》を持《も》って戻《もど》ってきてびっくりだ。なんと、まゆりんたちは、白井君《しらいくん》にもう色鉛筆《いろえんぴつ》を借《か》りていたのだ。

「まおりん、ごめん。どんな風《ふう》にぬってるか白井君《しらいくん》のを見《み》に行《い》ったら、貸《か》してくれたの」

と、春乃《はるの》ちゃん。手《て》の中《なか》の色鉛筆《いろえんぴつ》のケースが、急《きゅう》に重《おも》く感《かん》じた。

「……そうなんだ」

大好《だいす》きな白井君《しらいくん》に借《か》りられてよかったね、と言《い》うべきか言《い》わないべきか迷《まよ》ったけれど、頭《あたま》の中《なか》が真《ま》っ白《しろ》になって何《なに》も言《い》えなかった。

チャイムが鳴《な》って、みんなバタバタと教室《きょうしつ》に帰《かえ》っていく。

「私《わたし》、借《か》りたい本《ほん》があるから、先《さき》に行《い》ってて」

特別読《とくべつよ》みたい本《ほん》なんて今《いま》はなかったけれど、できるだけ早《はや》く一人になりたくて、私《わたし》はみんなにそう言《い》った。

「待《ま》ってようか？」

まゆりんは私《わたし》にはもったいないくらい、やさしい。

「まゆりん、今日《きょう》は給食当番《きゅうしょくとうばん》だったでしょ。私《わたし》もだけど」

春乃《はるの》ちゃんの言葉《ことば》に、まゆりんはみんなと先《さき》に図書館《としょかん》を出《で》ていった。

やっと一人になれた。

見回《みまわ》すと、一人きりかと思《おも》っていたのに、後《うし》ろのテーブルに矢吹君《やぶきくん》とすみれちゃんがいた。二人はまだしおり作《づく》りをしている。

せっかくだから何《なに》か借《か》りよう。私《わたし》は図書館《としょかん》の奥《おく》へ行《い》った。そして、前《まえ》は貸《か》し出《だ》されていたので借《か》りられなかったシリーズのつづきを手《て》にとった。

すると、話《はな》し声《ごえ》が聞《き》こえた。

「矢吹君《やぶきくん》、どうして私《わたし》がクラスで浮《う》いてるか、聞《き》かないの？」

「実《じつ》は、気《き》になってた」

本棚《ほんだな》の陰《かげ》から、そっとのぞいてみる。声《こえ》の主《ぬし》は、やっぱり矢吹君《やぶきくん》とすみれちゃんだ。悪《わる》口《ぐち》を言《い》われているわけでもないのに、急《きゅう》に胸《むね》がドキドキしてきた。

「やっぱり、そうだよね。それがね、私《わたし》にもわかんないの」

すみれちゃんは一呼吸《ひとこきゅう》おいてから、つづける。

「自分《じぶん》のことなのに、変《へん》でしょ。ずっと考《かんが》えてるんだけどね。でも、いつかはこうなっていたのかもって気《き》もするの。これ以上相手《いじょうあいて》に合《あ》わせるのは、無理《むり》だったのかも」

やっぱり、すみれちゃんにもまゆりんと離《はな》れてしまった原因《げんいん》はわからないんだ。もしかして私《わたし》は知《し》らない何《なに》かがあるんじゃないかと期待《きたい》してたんだけど。あったら、仲直《なかなお》りできるきっかけにできるだろうから。

ここからでは、すみれちゃんがどんな顔《かお》をしているか見《み》えない。けれど、矢吹君《やぶきくん》の顔《かお》つきが急《きゅう》に変《か》わった。

「私《わたし》は私《わたし》を必要《ひつよう》としてくれる人《ひと》といっしょにいたいと思《おも》ってただけなんだ」

矢吹君《やぶきくん》は、あわててポケットから何《なに》かを取《と》り出《だ》した。それは、しわくちゃになったハンカチだった。

「それって、もしかして片倉《かたくら》さん？」

差《さ》し出《だ》されたハンカチを、首《くび》を振《ふ》って断《ことわ》るすみれちゃん。せっかく出《だ》したハンカチを、矢吹君《やぶきくん》は今度《こんど》はきれいに折《お》りたたんでポケットにしまった。

「わかってたの？」

「うん」

すみれちゃん、いつも平然《へいぜん》としていたけど、ほんとはちがったんだ。そうだよね。私《わたし》が前《まえ》の学校《がっこう》で孤立《こりつ》したのは短期間《たんきかん》だったから耐《た》えられたけど、いくらすみれちゃんが強《つよ》くて

宙
物

も、長《なが》くひとりぼっちでいるのはつらくないはずがない。

ここまで聞《き》いていて、どこかで聞《き》いたことがあると思《おも》った。どこでだっけ。何《なに》かで読《よ》んだような。

それは、矢吹君《やぶきくん》の次《つぎ》の言葉《ことば》が決定的《けっていてき》だった。

「でも、それはまちがってるよ。植村《うえむら》さんがいっしょにいたい人《ひと》といっしょにいなきゃ」

パッとすみれちゃんが顔《かお》を上《あ》げる。そして、大《おお》きくうなずいた。

「うん……そうだね。矢吹君《やぶきくん》、ありがとう」

「何《なに》かぼくにできることがあったら、言《い》ってね」

私《わたし》の物語《ものがたり》だ。このやりとりは、マミカとミオの会話《かいわ》だった。今起《いまお》こったのは、マミカのモデルだったすみれちゃんと矢吹君《やぶきくん》だけど。

頭《あたま》に矢吹君《やぶきくん》からの手紙《てがみ》がよみがえった。物語《ものがたり》と同《おな》じ内容《ないよう》のことが起《お》こっているって、このことなんだ。

ゾッとした。だって、この部分《ぶぶん》は、まだお姉《ねえ》ちゃんに渡《わた》していないはずだ。だから、矢《や》吹君《ぶきくん》は読《よ》んでいない。なのに、流《なが》れもそのままいっしょの会話《かいわ》をするなんて。

「古屋《ふるや》、何《なに》してんの？」

ガシャーンと大《おお》きな音《おと》を立《た》てて、私《わたし》の新品《しんぴん》の色鉛筆《いろえんぴつ》が床《ゆか》にちらばる。声《こえ》の主《ぬし》は、白井君《しらいくん》だった。

「し、白井君《しらいくん》、まだ教室《きょうしつ》に戻《もど》ってなかったんだ」

白井君《しらいくん》はすぐにしゃがみこんで色鉛筆《いろえんぴつ》を集《あつ》めてくれた。

「ちょっと借《か》りたい本《ほん》があってさ」

白井君《しらいくん》も本《ほん》を借《か》りることがあるんだ。スポーツ万能《ばんのう》な白井君《しらいくん》のイメージからは、読書《どくしょ》している姿《すがた》は想像《そうぞう》できなかった。

「どんな本《ほん》？」

「それは秘密《ひみつ》」

落《お》としてしまった私《わたし》の色鉛筆《いろえんぴつ》は、芯《しん》が見事《みごと》に全部《ぜんぶ》折《お》れてしまっていた。それに気付《きづ》いた白井君《しらいくん》は、筆箱《ふでばこ》から削《けず》り器《き》を取《と》り出《だ》し、一本一本丁寧《いっぽんいっぽんていねい》にとがらせていく。私《わたし》はその様子《ようす》を、お礼《れい》も言《い》わずにただ見《み》ていた。

「実《じつ》はオレ、壮大《そうだい》な夢《ゆめ》があってさ。でも、かなわなかったらかっこ悪《わる》いから、だれにも言《い》ってないんだ。あ、スイミングスクールの先生《せんせい》には言《い》っちゃったけど」

「えっ、矢吹君《やぶきくん》にも？」

「うん。だって、リンの方《ほう》がオレよりオレの夢《ゆめ》に近《ちか》いからさ」

大《おお》きな夢《ゆめ》って、かなうとかっこいいけど、かなわなかったらどうしようかと思《おも》うとだれにも話《はな》せないんだよね。私《わたし》もお姉《ねえ》ちゃんにしか言《い》ってないし。

「私《わたし》も、わかるよ。その気持《きも》ち」

私《わたし》も、作家《さっか》を目指《めざ》している私《わたし》よりも上手《じょうず》に読書感想文《どくしょかんそうぶん》を書《か》いた矢吹君《やぶきくん》には、この夢《ゆめ》は知《し》られたくない。

「えっ、古屋《ふるや》も夢《ゆめ》あるの？　どんな夢《ゆめ》？」

「それは、もちろん秘密《ひみつ》」

私《わたし》たちは、同時《どうじ》にフッと笑《わら》った。

こんな話《はなし》、まさか白井君《しらいくん》とするとは思《おも》わなかった。春乃《はるの》ちゃんに言《い》ったら喜《よろこ》びそうなネタだけど、人《ひと》の夢《ゆめ》はそれ自体《じたい》を持《も》っているということだけでも、たやすく人《ひと》にしゃべっていいものじゃない気《き》がした。

「ありがとう」

「いや、驚《おどろ》かせたの、オレだから。新品《しんぴん》なのに、ごめん」

白井君《しらいくん》はピンピンにとがらせた色鉛筆《いろえんぴつ》を、バラバラとケースに入《い》れた。色《いろ》の順番《じゅんばん》どおりじゃないけれど、まぁいいかと私《わたし》はそのままふたを閉《し》めた。

「何《なに》か大《おお》きい音《おと》しなかった？」

本棚《ほんだな》の陰《かげ》から顔《かお》を出《だ》したのは、矢吹君《やぶきくん》。

「ちょっと色鉛筆《いろえんぴつ》落《お》としちゃって」

あ、来《き》てくれたんだ。矢吹君《やぶきくん》の後《うし》ろには、どうしていいかわからないような顔《かお》のすみれちゃんがいた。久《ひさ》しぶりに、目《め》が合《あ》う。

髪留《かみど》めを返《かえ》すのは、なぜだか今《いま》がチャンスだと思《おも》った。けれど、この前《まえ》までずっと入《い》れていたのにポケットは空《から》だった。今《いま》、髪留《かみど》めはうちの机《つくえ》にある。

何《なに》も言《い》わない、いや、言《い》えなかった私《わたし》を見《み》て、すみれちゃんはすぐに行《い》ってしまった。

私《わたし》は、私《わたし》が一番大事《いちばんだいじ》だ。小《ちい》さくなっていくすみれちゃんの後《うし》ろ姿《すがた》を見《み》ながら思《おも》った。私《わたし》は、これからも私《わたし》を一番大事《いちばんだいじ》にしたい。でも、ちゃんと大事《だいじ》にできているだろうか。

このままでは、自分《じぶん》をきらいになってしまう。

「古屋《ふるや》さん、どうしたの？」

矢吹君《やぶきくん》が不思議《ふしぎ》そうに私《わたし》を見《み》ている。

そろそろあきらめなきゃ。楽《らく》して自分《じぶん》を大事《だいじ》にしようとするのは。本心《ほんしん》で、本当《ほんとう》の自分《じぶん》でぶつかっていかなきゃ手《て》に入《はい》らないって、もうわかる。

「矢吹君《やぶきくん》、今日《きょう》は暇《ひま》？　新進気鋭《しんしんきえい》の作家《さっか》さんがうちに来《く》るんだけど」

私《わたし》はすみれちゃんが必要《ひつよう》としてくれる人《ひと》になりたい。すみれちゃんの本当《ほんとう》の「ミオ」になりたい。そのためには、もう私《わたし》一人の力《ちから》では無理《むり》だ。

「えっ？　古屋《ふるや》さんも読《よ》ませてもらってたんだ。行《い》く、行《い》く！」

矢吹君《やぶきくん》はパッと顔《かお》を輝《かがや》かせた。

「え、どういうこと？　古屋《ふるや》んちに有名人《ゆうめいじん》が来《く》るの？　オレも行《い》く！」

そう身《み》を乗《の》り出《だ》した白井君《しらいくん》に、矢吹君《やぶきくん》と私《わたし》は同時《どうじ》に言《い》った。

「直政《なおまさ》は、ダメ！」

「白井君《しらいくん》は、ダメ！」

白井君《しらいくん》は、ぶつぶつ言《い》いながらも、まぁ本《ほん》には興味《きょうみ》ないしとあきらめてくれた。

放課後《ほうかご》、矢吹君《やぶきくん》が初《はじ》めてうちにやってきた。女《おんな》の子《こ》の部屋《へや》がめずらしいのか、ずっときょろきょろ見回《みまわ》している。

「これ、読《よ》んで」

「まだぼくは読《よ》んでないところだ。いつも先《さき》に古屋《ふるや》さんが読《よ》んでたの？」

「いいから、早《はや》く読《よ》んで」

矢吹君《やぶきくん》が物語《ものがたり》を読《よ》んでいる間《あいだ》、私《わたし》は机《つくえ》の上《うえ》のすみれちゃんの髪留《かみど》めをそっと取《と》り、手《て》のひらで包《つつ》んだ。

すみれちゃんと友達《ともだち》になるには、どうしたらいいんだろう。まゆりんや春乃《はるの》ちゃんをきらいになったわけじゃない。もしこのままずみれちゃんと仲《なか》よくなったりしたら、私《わたし》は裏《うら》切《ぎ》り者《もの》になってしまうのかな。

みんなで仲《なか》よくするには、どうしたらいいのかな。やり方《かた》をまちがえたら、私《わたし》はすみれちゃんにもまゆりんたちにもきらわれてしまうかもしれない。

「あっ」

矢吹君《やぶきくん》の、つぶやくような声《こえ》。

「これも、同《おな》じだ。ぼく、今日《きょう》は植村《うえむら》さんと全《まった》く同《おな》じようなことしゃべったもん。もちろんぼくはミオじゃないけど」

盗《ぬす》み聞《ぎ》きしていたのがばれないように、私《わたし》は物語《ものがたり》を読《よ》むふりをした。

「それで、作家《さっか》の先生《せんせい》はいつ来《く》るの？」

「もういるよ」

「え？　いつの間《ま》に？　リビングにいるの？」

「ううん、この部屋《へや》にいる。私《わたし》なの」

ぽかんと口《くち》を開《あ》けてこっちに向《む》かって指《ゆび》をさす矢吹君《やぶきくん》。うなずく私《わたし》。他人《たにん》の大《おお》きく開《ひら》いた口《くち》の中《なか》を見《み》るのが一番《いちばん》が歯医者《はいしゃ》さんなら、二番《ばん》は絶対《ぜったい》に自分《じぶん》だと思《おも》った。

「お姉《ねえ》ちゃんが勝手《かって》に矢吹君《やぶきくん》に見《み》せてたみたい。びっくりした？」

「び、びっくりするよ。それに古屋《ふるや》さんって、魔法使《まほうつか》いか予言者《よげんしゃ》なの？」

「まさか。もし私《わたし》が魔法使《まほうつか》いだったら、もっといろいろうまくやってるよ」

私《わたし》の手《て》の中《なか》の音符《おんぷ》の付《つ》いた髪留《かみど》めを見《み》て、矢吹君《やぶきくん》はすぐにすみれちゃんのだとわかったようだ。すみれちゃんの音符《おんぷ》好《ず》きは、まゆりんたちと仲《なか》が悪《わる》くなる前《まえ》からクラスではだれもが知《し》っていたから。

私《わたし》たちは、黙《だま》り込《こ》んでしまった。

沈黙《ちんもく》を破《やぶ》ったのは、矢吹君《やぶきくん》だった。

「なんでこんなにややこしくなっちゃったんだろうね。ぼくもさ、ずっと一番《いちばん》の友達《ともだち》と思《おも》ってた直政《なおまさ》が、最近遠《さいきんとお》く感《かん》じるようになったんだ」

目《め》を合《あ》わせないまま、矢吹君《やぶきくん》はつづける。

「寂《さび》しいわけでも悲《かな》しいわけでもないのに、心《こころ》がずっとモヤモヤしてるというか、とにかくあせる。何《なん》でも言《い》ってくれると思《おも》ってたのに、ぼくには話《はな》してくれないし」

いつも仲《なか》よさそうにしていた矢吹君《やぶきくん》と白井君《しらいくん》でも、そんな風《ふう》に感《かん》じることがあるんだ。

外《そと》から見《み》てるだけではわかんないものなんだな。

「白井君《しらいくん》、今日《きょう》言《い》ってたよ。矢吹君《やぶきくん》の方《ほう》が夢《ゆめ》に近《ちか》いから言《い》えないって」

これぐらいなら伝《つた》えてもいいよね。

「直政《なおまさ》、そんなこと言《い》ってたの？」

パッと顔《かお》を上《あ》げる矢吹君《やぶきくん》。

「うん。夢《ゆめ》が何《なに》かは教《おし》えてくれなかったけど」

「なんだ、そうなのか」

どうしたわけか、矢吹君《やぶきくん》は笑《わら》いをこらえるような顔《かお》をしている。

「どうしたの？」

「また直政《なおまさ》が戻《もど》ってきた感《かん》じ。結局《けっきょく》、ぼくが直政《なおまさ》から離《はな》れていたのかなぁ。だって、思《おも》えばすっごく直政《なおまさ》らしいし」

私《わたし》にはわけがわからない。

「とにかく、古屋《ふるや》さんの物語《ものがたり》に不思議《ふしぎ》な力《ちから》があるのは本当《ほんとう》だよね。そうじゃなかったら、植村《うえむら》さんは見《み》えないミオと話《はな》すことなんてないはずだもん」

「う、うん……」

落《お》ち込《こ》んでいたかと思《おも》ったらすぐに笑顔《えがお》になったりと、せわしない。やっぱり矢吹君《やぶきくん》は苦手《にがて》なタイプだ。

「まずはマミカとサオリを仲直《なかなお》りさせようよ。そうすればきっと、植村《うえむら》さんと古屋《ふるや》さんたちもうまくいくと思《おも》う」

「それなんだけど……。お願《ねが》いがあるの」

「え?」

「物語《ものがたり》をこれからどうしたらいいか、いっしょに考《かんが》えてほしいの」

その瞬間《しゅんかん》、いつの間《ま》にか帰《かえ》ってきていたお姉《ねえ》ちゃんが、ケーキと紅茶《こうちゃ》を持《も》って部屋《へや》に入《はい》ってきた。

「リンちゃん、いらっしゃーい」

ケーキは私《わたし》の大好物《だいこうぶつ》のバナナケーキだ。けれど、自分《じぶん》の情《なさ》けなさに押《お》しつぶされそうでテンションは上《あ》がらない。

「あ、ばれたの？　ばらしたのかな？」

お姉《ねえ》ちゃんは、今《いま》はもうどうでもいいことを言《い》って笑《わら》っている。

「そういえば、どうしてリンちゃんは小説《しょうせつ》の作者《さくしゃ》に会《あ》いたかったの？」

矢吹君《やぶきくん》はケーキを口《くち》いっぱいにほおばっている。

「えっと、それは……」

話《はな》していいかうかがっているのか、矢吹君《やぶきくん》は口《くち》にフォークをつっこんだままこっちをじっと見《み》ている。私《わたし》は湯気《ゆげ》の立《た》つ紅茶《こうちゃ》にふーっと大《おお》きく息《いき》を吹《ふ》きかけるふりをして、ため息《いき》をついた。

Rin 11 作家《さっか》さんのお手伝《てつだ》い

四時間目《じかんめ》が終《お》わるチャイムが鳴《な》っても、ぼくと植村《うえむら》さんは林間学校《りんかんがっこう》のしおり作《づく》りをしていた。何《なん》でも手際《てぎわ》がいい鳴川君《なるかわくん》は、時間内《じかんない》に済《す》ませて給食当番《きゅうしょくとうばん》だからとすぐに走《はし》っていった。直政《なおまさ》は、ちょっとぶらついてくるとかいつもの得意《とくい》げな顔《かお》で言《い》い、図書館《としょかん》の奥《おく》へ消《き》えた。あんなに遊《あそ》んでいたのに、もうしおりを仕上《しあ》げたなんて、いつもながら直政《なおまさ》は要《よう》領《りょう》がいい。

植村《うえむら》さんのしおりを見《み》て、ぼくたちは似《に》てるなと思《おも》った。つまり、凝《こ》り性《しょう》なんだ。植村《うえむら》さんはぼくよりもっと細《こま》かい字《じ》で、きれいにまとめていたけれど。

ミオちゃんについて聞《き》くなら、二人きりの今《いま》がチャンスだ。でも、どう切《き》り出《だ》していいかわからない。すると、植村《うえむら》さんがぼくの顔《かお》も見《み》ないまま話《はな》し始《はじ》めた。

「どうして私《わたし》がクラスで浮《う》いてるか、聞《き》かないの？」

実《じつ》は気《き》になっていたとおそるおそる伝《つた》えると、植村《うえむら》さんは自分《じぶん》でも理由《りゆう》がわからないと話《はな》してくれた。

だれかの涙《なみだ》を見《み》るのなんて、幼稚園《ようちえん》以来《いらい》だった。あの時《とき》は直政《なおまさ》がブランコから飛《と》び降《お》りて、足《あし》の骨《ほね》を折《お》ったんだ。そんなことをうっすら思《おも》い出《だ》している間《あいだ》にも、植村《うえむら》さんは顔《かお》をくしゃくしゃにして泣《な》いている。思《おも》わずぼくは目《め》をそらした。

女《おんな》の子《こ》の涙《なみだ》を見《み》るのは生《う》まれて初《はじ》めてだからびっくりした。でも、どうしてだかホッとした。勉強《べんきょう》も運動《うんどう》もできるし、教室《きょうしつ》で一人きりでも平気《へいき》な顔《かお》をしていた植村《うえむら》さん。やっぱり無理《むり》していたみたいだ。

結局《けっきょく》、ぼくはどう植村《うえむら》さんの力《ちから》になっていいかわからない。

「何《なに》かぼくにできることがあったら、言《い》ってね」

もっと気《き》の利《き》いたことを言《い》って励《はげ》ましたかったのに、出《で》てきたのはこんなありきたりな言葉《ことば》だけだった。うなずいてくれたけど、植村《うえむら》さんがぼくを頼《たよ》ることはないだろうなとぼんやり思《おも》った。だって、思《おも》えばこんなに長《なが》く話《はな》したのは初《はじ》めてだったのにわかってしまったんだ。植村《うえむら》さんは、何《なん》でも一人でがんばろうとしてしまう人《ひと》なんだって。

その日《ひ》の放課後《ほうかご》、ぼくはついに物語《ものがたり》の作家先生《さっかせんせい》と対面《たいめん》した。なんと、作者《さくしゃ》は隣《となり》のうちの古屋万緒《ふるやまお》さんだった。千織《ちおり》さんが言《い》っていた「友達《ともだち》より、もっと近《ちか》い関係《かんけい》」という意味《いみ》がようやくわかった。

古屋《ふるや》さんは、植村《うえむら》さんについては何《なに》も話《はな》してくれなかった。でも、古屋《ふるや》さんの部屋《へや》には植村《うえむら》さんのであろう髪留《かみど》めがあって、大事《だいじ》ににぎりしめていた。拾《ひろ》って返《かえ》しそびれているのかな。植村《うえむら》さんは、しっかりしているのに物《もの》はよく落《お》とすから。

ぼくたちは、いっしょに物語《ものがたり》のつづきを考《かんが》えることにした。主人公《しゅじんこう》のマミカは、転校生《てんこうせい》ミオの登場《とうじょう》でまた親友《しんゆう》を手《て》に入《い》れたけれど、このままではサオリとはずっとわかり合《あ》えないままだ。

「前《まえ》と同《おな》じように親友《しんゆう》に戻《もど》れなくてもいいの。あいさつぐらいはできて、たまに話《はな》す程度《ていど》でもいいからマミカとサオリを仲直《なかなお》りさせられたらいいんだけど」

古屋《ふるや》さんはそう言《い》って、ノートパソコンの電源《でんげん》を入《い》れた。

「サオリが困《こま》ってる時《とき》に、マミカがさりげなく助《たす》けるのはどう？」

「それは、もう考《かんが》えた。けど、具体的《ぐたいてき》な方法《ほうほう》が思《おも》いつかないんだよね。どんなことでサオリを困《こま》らせるかとか。それに、困《こま》ったとしてもすぐにリサが助《たす》けるでしょ」

「そっか……」

いくつかアイデアを出《だ》してみても、それはもう古屋《ふるや》さんも考《かんが》えていたものだった。物語《ものがたり》を作《つく》るのって、難《むずか》しいんだな。

途中《とちゅう》、千織《ちおり》さんが何度《なんど》もお茶《ちゃ》のおかわりを持《も》ってきてくれた。いっしょに物語《ものがたり》を考《かんが》えていることだけはお姉《ねえ》ちゃんには言《い》わないでと言《い》われたので、ぼくは余計《よけい》なことを言《い》わないように千織《ちおり》さんが部屋《へや》にいる時《とき》はおなかがだぼだぼになるまでお茶《ちゃ》を飲《の》み続《つづ》けた。

結局《けっきょく》ぼくたちは、その日《ひ》は何《なに》も進《すす》められなかった。

「明日《あした》も時間《じかん》ある？」

「明日《あした》はスイミングスクールがあるけど……、その後《あと》だったら大丈夫《だいじょうぶ》だよ」

「矢吹君《やぶきくん》がいてくれてよかった」

古屋《ふるや》さんは一瞬《いっしゅん》ホッとしたような顔《かお》をしたものの、またすぐに不安《ふあん》そうな顔《かお》をした。どこか、今日見《きょうみ》た植村《うえむら》さんの泣《な》き顔《がお》と似《に》ているような気《き》がした。

「リン、今日《きょう》は調子《ちょうし》いいな」

翌日《よくじつ》のスイミングスクールで、先生《せんせい》はそう言《い》ってぼくの肩《かた》をたたいた。ぼくもそう思《おも》っていた。体《からだ》も心《こころ》も軽《かる》くて、いつまででも泳《およ》いでいられそうな気分《きぶん》だ。いつもは水《みず》が重《おも》くて仕方《しかた》ないのに、今日《きょう》はまるで宇宙《うちゅう》にいるみたいだ。ま、宇宙《うちゅう》になんて行《い》ったことないんだけど。何《なん》にしても、こんなこと小《ちい》さい頃《ころ》から泳《およ》いできて初《はじ》めてだった。

今日《きょう》も直政《なおまさ》はぼくと同《おな》じコースで練習《れんしゅう》している。順番《じゅんばん》は、最初《さいしょ》はぼくの前《まえ》を泳《およ》いでいたけれど、途中《とちゅう》で疲《つか》れてきたとか言《い》ってぼくと代《か》わった。多分《たぶん》、一回《かい》だけどぼくに追《お》いつかれたのがいやだったんだ。

「白井君《しらいくん》、今日《きょう》言《い》ってたよ。矢吹君《やぶきくん》の方《ほう》が夢《ゆめ》に近《ちか》いから言《い》えないって」

何度《なんど》も古屋《ふるや》さんが言《い》っていた言葉《ことば》を思《おも》い返《かえ》す。その度《たび》に、ニヤニヤしてしまう。大好《だいす》きなチョコレートを口《くち》いっぱいに入《い》れた時《とき》のような気分《きぶん》だ。かむ度《たび》に、体中《からだじゅう》にその甘《あま》さが広《ひろ》がっていく。

そっか、そうだったんだ。直政《なおまさ》がぼくに夢《ゆめ》について話《はな》してくれないのは、ぼくをライバルと思《おも》ってくれていたからなんだ。そう思《おも》うとうれしくてうれしくて、練習《れんしゅう》の後半《こうはん》になっても疲《つか》れ知《し》らずだった。もし今日《きょう》が進級《しんきゅう》テストの日《ひ》だったら、絶対《ぜったい》に記録更新《きろくこうしん》できていた。

「リン、今日《きょう》は気合《きあい》入《はい》ってるなぁ。どうしたの？」

と、新司君《しんじくん》。

「昨日《きのう》、リンはクラスの女子《じょし》と有名人《ゆうめいじん》に会《あ》ったからだよ」

直政《なおまさ》はすかさずそう言《い》って、水《みず》の中《なか》でぶくぶく息《いき》をはいた。

「えっ、有名人《ゆうめいじん》って、だれ？」

「えっと……、作家《さっか》さん？」

それは、クラスメートの古屋《ふるや》さんだったけど。

言葉《ことば》一つでこうも心《こころ》が晴《は》れるなんて、不思議《ふしぎ》だな。

そうか。仲直《なかなお》りって、自分《じぶん》と相手《あいて》だけじゃできない時《とき》があるんだ。ぼくだって、古屋《ふるや》さんがいたから解決《かいけつ》できた。でも、もし古屋《ふるや》さんの話《はなし》を聞《き》いていなかったら一人で悩《なや》み続《つづ》けていたかもしれない。ずっと沈《しず》んだ気持《きも》ちのままだったかも。まぁそもそも直政《なおまさ》とはけんかしていたわけじゃないんだけど。

「みんな仲《なか》よくしましょう」

幼稚園《ようちえん》の時《とき》、大好《だいす》きだった先生《せんせい》が言《い》っていたのを思《おも》い出《だ》した。友達《ともだち》が多《おお》い方《ほう》がいい理由《りゆう》は、もしかしてこれかもしれない。何《なに》か問題《もんだい》が起《お》きた時《とき》に、みんなして助《たす》け合《あ》えるように、いろんな友達《ともだち》が必要《ひつよう》なんだ。

休《やす》み時間《じかん》が終《お》わり、先生《せんせい》の合図《あいず》で新司君《しんじくん》が泳《およ》ぎ始《はじ》めた。十秒後《びょうご》、ぼくもスタートする。

ぼくにとっての古屋《ふるや》さんのような存在《そんざい》、植村《うえむら》さんにもいたらいいんだけど。水《みず》の中《なか》の音《おと》を聞《き》きながら、ぼくは考《かんが》えた。マミカにとってはミオ。そして、植村《うえむら》さんにとっても「ミオちゃん」だよな。

昨日《きのう》はぼくがミオちゃんになった。きっと、解決《かいけつ》のヒントはそこにある。

五十メートル泳《およ》ぎ切《き》って後《うし》ろを向《む》くと、すぐに直政《なおまさ》が来《き》た。水《みず》から顔《かお》を上《あ》げて、にやっと笑《わら》っている。やっぱり、考《かんが》え事《ごと》しながら泳《およ》いじゃだめだな。

練習後《れんしゅうご》、いつものようにサウナへ。新司君《しんじくん》と直政《なおまさ》のおしゃべりを、ここのところずっと聞《き》いているだけだったけど、今日《きょう》はちがう。ぼくも参考《さんこう》にしようと、どんな風《ふう》に筋《きん》トレしているのか、新司君《しんじくん》に質問《しつもん》したりした。

水泳《すいえい》、やっぱり当分《とうぶん》つづけよう。今日《きょう》みたいに気持《きも》ちよく泳《およ》げたら、楽《たの》しいし。ぼくはオリンピックを目指《めざ》すわけじゃないけど、直政《なおまさ》の最初《さいしょ》のライバルでまだいたい。しばらくは直政《なおまさ》の夢《ゆめ》を知《し》らないふりをして、ぼくなりに記録《きろく》を伸《の》ばすんだ。

「あ、そうだ。今日《きょう》は早《はや》く帰《かえ》らなきゃならないんだった」

古屋《ふるや》さんとの約束《やくそく》を思《おも》い出《だ》した。ぼくにはやるべきことがもう一つあるんだった。

「何《なに》かあるの？」

直政《なおまさ》はサウナの中《なか》でもゴーグルをかけている。視界《しかい》が徐々《じょじょ》にぼやけてくるのがおもしろいんだとか。

「うん。新進気鋭《しんしんきえい》の作家《さっか》さんの……お手伝《てつだ》い？」

ぼくは首《くび》をかしげたままの二人を置《お》いて、サウナを出《で》た。


急《いそ》いで帰《かえ》り、古屋《ふるや》さんのうちへ。

早速弱気《さっそくよわき》な作家《さっか》さん。

「やっぱり仲直《なかなお》りさせるのは無理《むり》だと思《おも》う」

「ミオにがんばってもらうのはどうかな？」

ぼくは水泳《すいえい》の練習中《れんしゅうちゅう》に考《かんが》えたことを話《はな》した。

「簡単《かんたん》に言《い》わないでよ。ミオがマミカのために動《うご》くって言《い》っても、いつ？　どこで？　どうやって？」

「うーん、それは……」

昨日《きのう》と同《おな》じように、ぼくたちは行《い》きづまった。

「リンちゃん、また来《き》てたんだね。いらっしゃーい」

少《すこ》しして、千織《ちおり》さんがやってきた。

「何《なに》か用《よう》？　お姉《ねえ》ちゃんって、ほんと矢吹君《やぶきくん》のことが好《す》きだよね」

古屋《ふるや》さんのイライラしたような声《こえ》に、千織《ちおり》さんはケラケラと笑《わら》う。

「あ、ばれた？　大丈夫《だいじょうぶ》、大丈夫《だいじょうぶ》。万緒《まお》のこともちゃんとかわいいと思《おも》ってるよ」

ぼくは、弟《おとうと》のように思《おも》われていたのか。うれしいような、気恥《きは》ずかしいような、どこかちょっと寂《さび》しいような。

「それ、何《なに》？」

長《なが》いため息《いき》をはく古屋《ふるや》さん。千織《ちおり》さんの手《て》には、カエデの形《かたち》をしたクッキーの絵《え》がパッケージに描《えが》かれた箱《はこ》があった。

「オースティンにもらったんだ。実家《じっか》から送《おく》られてきたんだって。月曜日《げつようび》から林間学校《りんかんがっこう》なんでしょ？　おやつに持《も》ってってったらどうかと思《おも》って。これなら三百円以内《えんいない》に入《はい》らないし」

古屋《ふるや》さんは、首《くび》をこれでもかと横《よこ》に振《ふ》る。

「悪《わる》いけど、林間学校《りんかんがっこう》には持《も》っていけない。そんなカナダのお土産丸出《みやげまるだ》しのもの持《も》ってったら、オースティン先生《せんせい》が私《わたし》と関係《かんけい》あるって友達《ともだち》にばれちゃうもん」

「えー、ばれてもいいじゃない。おやつ、多《おお》い方《ほう》がいいでしょ？」

「私《わたし》、お姉《ねえ》ちゃんとちがってそこまでお菓子《かし》に執着《しゅうちゃく》してないし」

たしか千織《ちおり》さんと古屋《ふるや》さんは十ぐらい年《とし》がちがうのに、まるで同級生《どうきゅうせい》のようだ。ぼくにはきょうだいがいないので、このやりとりはすごく新鮮《しんせん》だった。

「林間学校《りんかんがっこう》、オースティンも行《い》くんだってね。私《わたし》も行《い》きたーい」

「お姉《ねえ》ちゃんは無理《むり》だよ」

そうだ、林間学校《りんかんがっこう》！　どうして今《いま》まで気《き》がつかなかったんだろう。林間学校《りんかんがっこう》っていう特《とく》別《べつ》なイベントでミオがマミカを、いや、植村《うえむら》さんの背中《せなか》を押《お》してあげればいいんだ。

「物語《ものがたり》でも、林間学校《りんかんがっこう》に行《い》くことにしようよ。そこで、ミオがマミカとサオリを仲直《なかなお》りさせるんだ」

千織《ちおり》さんが部屋《へや》を出《で》ていった後《あと》、ぼくは提案《ていあん》してみた。

「うまくいくかな？」

「うん、ぼくがミオになるから」

「えっ、ミオの代《か》わりは私《わたし》がなりたい」

思《おも》いがけない古屋《ふるや》さんの言葉《ことば》に、ぼくは驚《おどろ》いた。そして、うれしくもなった。だって、植村《うえむら》さんは本当《ほんとう》の意味《いみ》でひとりぼっちじゃないってわかったから。

でも、ミオ役《やく》はぼく以外《いがい》にできる人《ひと》なんて他《ほか》にいない。

「古屋《ふるや》さんは、リサ役《やく》でしょ」

「……ばれてたんだ」

古屋《ふるや》さんは千織《ちおり》さんが置《お》いていったクッキーの箱《はこ》を、今《いま》から食《た》べようと封《ふう》を開《あ》けた。メープルシロップの甘《あま》い香《かお》りが部屋《へや》に広《ひろ》がる。

ぼくたちは、林間学校《りんかんがっこう》のしおりをお互《たが》いに見《み》せ合《あ》った。驚《おどろ》いたことに、ぼくと古屋《ふるや》さんの班《はん》の回《まわ》るルートはほとんど同《おな》じだった。

「こんな偶然《ぐうぜん》、あるんだね。回《まわ》る順番《じゅんばん》まで同《おな》じだなんて」

なぜか古屋《ふるや》さんは苦笑《にがわら》いしている。

「多分《たぶん》、まゆりんと春乃《はるの》ちゃんがそっちの班《はん》のリサーチをしたんだと思《おも》う」

「なんで？」

「それは私《わたし》の口《くち》からはちょっと……」

どうやら何《なに》か理由《りゆう》があるらしい。口《くち》ごもる古屋《ふるや》さんに、ぼくはもう聞《き》かないことにした。

ぼくたちは、それから毎日集《まいにちあつ》まって物語《ものがたり》のつづきを考《かんが》えた。「もっと登場人物《とうじょうじんぶつ》の性格《せいかく》を考《かんが》えて」とか「この物語《ものがたり》はファンタジーじゃないんだから」とか、古屋《ふるや》さんに怒《おこ》られてばかりで大変《たいへん》だった。でも、ぼくにはお話《はなし》を作《つく》るなんて初《はじ》めての経験《けいけん》で楽《たの》しかった。もっとも、お話作《はなしづく》りというよりは、「こうだったらいいのに」というぼくたちの願望《がんぼう》をそのまま文字《もじ》にした感《かん》じなんだけれど。

物語《ものがたり》を書《か》き終《お》えた時《とき》には、いつも寝《ね》る時間《じかん》はとっくに過《す》ぎていた。あくびをするぼくを横目《よこめ》に、古屋《ふるや》さんはぼくの分《ぶん》も小説《しょうせつ》をプリントアウトしてくれた。手《て》に乗《の》ったプリント用《よう》紙《し》は、数枚《すうまい》なのにやけに重《おも》く感《かん》じた。

「まずは、片倉《かたくら》さんたちの気持《きも》ちを聞《き》かなきゃね。植村《うえむら》さんのこと、ほんとはどう思《おも》ってるか知《し》らないと」

「それ、私《わたし》が聞《き》くの？」

古屋《ふるや》さんの顔《かお》が急《きゅう》にこわばる。

「古屋《ふるや》さんしかいないよ」

「それを聞《き》いてきらわれて、今度《こんど》は私《わたし》がはみごにされたらどうしよう」

気持《きも》ちを聞《き》くだけなのに、大《おお》げさだなぁ。

「大丈夫《だいじょうぶ》だよ。もしそうなっても、ぼくたちの班《はん》にくればいいよ」

「そんな簡単《かんたん》に言《い》わないでよ。男子《だんし》の班《はん》に入《はい》ったりなんかしたら、もっといろいろ言《い》われ

る に決《き》まってる」

もし班《はん》から出《で》てしまったら、もう何《なに》を言《い》われても関係《かんけい》ないんじゃないかと思《おも》ったけれど、それは言《い》わないでおいた。

「植村《うえむら》さんもいるよ」

ますます古屋《ふるや》さんの顔《かお》つきは暗《くら》くなった。

「すみれちゃん、私《わたし》と仲《なか》よくしたいと思《おも》ってくれないかもしれないじゃない」

古屋《ふるや》さんの机《つくえ》の隅《すみ》には、今《いま》まで書《か》き上《あ》げた物語《ものがたり》の束《たば》が積《つ》んである。もう本《ほん》にでもできそうなくらいの厚《あつ》さだ。ぼくと同《おな》い年《どし》の人《ひと》がこんなにたくさん物語《ものがたり》を書《か》けるなんて、ほんとにすごい。ぼくなんて、読書感想文《どくしょかんそうぶん》の原稿用紙《げんこうようし》三枚《まい》だって大変《たいへん》だったのに。

「古屋《ふるや》さんにしかできないんだ。古屋《ふるや》さんしかこの物語《ものがたり》は始《はじ》められないんだ」

あとは、完成《かんせい》した物語《ものがたり》がぼくたちをストーリーと同《おな》じように導《みちび》いてくれるはず。

「うん、わかってる。わかってるけど、すっごく怖《こわ》い。いつも波風立《なみかぜた》たせないようにしてきたから、自分《じぶん》から嵐《あらし》を呼《よ》ぶようなこと、初《はじ》めてなんだ。でも私《わたし》、本当《ほんとう》の友達《ともだち》がほしいの。すみれちゃんは自分《じぶん》から仲《なか》よくなりたいと思《おも》った初《はじ》めての子《こ》なの」

古屋《ふるや》さんの目《め》から大粒《おおつぶ》の涙《なみだ》がこぼれ、書《か》き上《あ》げた小説《しょうせつ》の上《うえ》に落《お》ちていく。

「だからって、まゆりんたちのこともきらいじゃないんだ。きらわれたくない」

涙《なみだ》の粒《つぶ》は、まるで虫眼鏡《むしめがね》みたいに鉛筆《えんぴつ》の文字《もじ》を大《おお》きくぼくに見《み》せた。

植村《うえむら》さんの時《とき》は目《め》をそらしてしまったけれど、今回《こんかい》はそうしなかった。これは、古屋《ふるや》さんが悩《なや》んで苦《くる》しんでがんばった証《あか》し。きちんと見《み》なければ、失礼《しつれい》になるような気《き》さえした。

たしかに物語《ものがたり》はだれにとってもハッピーエンドのような、現実《げんじつ》ではちょっと難《むずか》しい話《はなし》になっていた。古屋《ふるや》さんと話《はな》し合《あ》って理想《りそう》をつめこむと、自然《しぜん》とこうなってしまったのだ。もし物語《ものがたり》どおりにならなかったらと思《おも》うと、ぼくだって怖《こわ》い。また植村《うえむら》さんは傷付《きずつ》くかもしれないし、古屋《ふるや》さんだって今《いま》までのように片倉《かたくら》さんたちといられるとは限《かぎ》らない。けれど、マミカにとってはリサが、植村《うえむら》さんにとってはきっと古屋《ふるや》さんがキーパーソンのはずなんだ。

「ぼくは何《なに》があっても古屋《ふるや》さんの味方《みかた》だよ。だから、勇気《ゆうき》を出《だ》してほしい」

ぼくだって、古屋《ふるや》さんにまかせきりにしないでミオとして明日《あした》からがんばらなきゃ。

古屋《ふるや》さんは植村《うえむら》さんの音符《おんぷ》マークの髪留《かみど》めを胸《むね》に押《お》し当《あ》て、うなずいた。

ぼくたちは目《め》を見合《みあ》わせ、ふっと笑《わら》った。

Mao 12 林間学校《りんかんがっこう》へ

こんなに緊張《きんちょう》する朝《あさ》は初《はじ》めてだ。

寝《ね》たのは真夜中《まよなか》だったのに、なぜか頭《あたま》がさえて眠《ねむ》くない。

矢吹君《やぶきくん》が帰《かえ》ってから、私《わたし》はもう少《すこ》し物語《ものがたり》のつづきを書《か》き足《た》した。矢吹君《やぶきくん》と考《かんが》えたのは、マミカとサオリが仲直《なかなお》りするまで。でも私《わたし》が本当《ほんとう》にほしい結末《けつまつ》は、私《わたし》であるリサがすみれちゃんであるマミカと親友《しんゆう》になることなのだ。結局《けっきょく》、最終的《さいしゅうてき》にはマミカ、サオリ、リサ、ミオの四人《にん》グループができあがり、物語《ものがたり》は完結《かんけつ》。

朝《あさ》ご飯《はん》の後《あと》、もう一度《いちど》物語《ものがたり》を読《よ》み返《かえ》す。

まるで小説《しょうせつ》というより脚本《きゃくほん》だな。今《いま》から矢吹君《やぶきくん》と私《わたし》で、二泊《はく》三日《か》の劇《げき》をするんだ。矢吹《やぶき》君《くん》も私《わたし》も役者《やくしゃ》じゃないけれど、リハーサルなしでやりとげなくちゃならない。

家《いえ》を出《で》る前《まえ》に、最後《さいご》の荷物《にもつ》チェック。すみれちゃんの音符《おんぷ》の髪留《かみど》めも、忘《わす》れずに入《い》れた。

この林間学校《りんかんがっこう》で、必《かなら》ず返《かえ》すんだ。

「万緒《まお》、いってらっしゃい。お土産話《みやげばなし》、楽《たの》しみにしてるから」

お姉《ねえ》ちゃんが笑顔《えがお》で玄関《げんかん》までかけてきた。力《ちから》なくうなずくと、お姉《ねえ》ちゃんは私《わたし》の肩《かた》をたたいた。

「よくわからないけど、ここ数日《すうじつ》、あんたはがんばった！　あとはなるようになるよ。何《なに》があってもお姉《ねえ》ちゃんは万緒《まお》の味方《みかた》だから、どーんと楽《たの》しんでこい！」

そんなに力《ちから》いっぱいたたかなくてもいいじゃない。なぜだか元気《げんき》が出《で》たけれど。

「うん、ありがとう。いってきます」

外《そと》に出《で》ると、矢吹君《やぶきくん》が待《ま》っていてくれた。

「おはよう」

「おはよう。昨日《きのう》、眠《ねむ》れた？」

「まあまあかな」

私《わたし》たちは同《おな》じクラスになって初《はじ》めていっしょに登校《とうこう》した。

まず学校《がっこう》に集合《しゅうごう》し、班《はん》ごとに並《なら》ぶ。それから歩《ある》いて最寄《もよ》り駅《えき》へ。林間学校《りんかんがっこう》は、電車《でんしゃ》で三十分《ぷん》乗《の》った山《やま》の中《なか》にある。海《うみ》も近《ちか》く、夏《なつ》だったら海水浴《かいすいよく》できるけれど、今回《こんかい》は見《み》るだけだ。二日目《かめ》は、港《みなと》から小《ちい》さなフェリーに乗《の》って友《とも》ケ島《がしま》という無人島《むじんとう》へ日帰《ひがえ》りで行《い》くことになっている。

私《わたし》たちが作《つく》り上《あ》げた物語《ものがたり》は、リサがサオリに話《はな》しかけるところから始《はじ》まる。つまり、私《わたし》がまゆりんにすみれちゃんのことをそれとなく聞《き》かなければ始《はじ》まらないということだ。できるだけ早《はや》く実行《じっこう》しなければならないのに、なかなかタイミングが見《み》つからない。そういえば、私《わたし》から話《はなし》をふることって今《いま》までめったにしてこなかった。

電車《でんしゃ》は二両《りょう》、席《せき》は縦《たて》に長《なが》く、車内《しゃない》が見渡《みわた》せる。乗客《じょうきゃく》は私《わたし》たち小学生《しょうがくせい》だけのようだ。

「まゆりんのぼうし、かわいいね」

「このキャスケット、林間学校《りんかんがっこう》のために買《か》ってもらったんだー」

楽《たの》しそうに話《はな》す春乃《はるの》ちゃんとまゆりんを見《み》ていると、ますますきっかけがつかめなくなった。物語《ものがたり》に魔法《まほう》の力《ちから》があるのなら、もう効《き》き始《はじ》めている頃《ころ》なのに。

向《む》かいの席《せき》で、矢吹君《やぶきくん》がチラチラとこっちを不安《ふあん》げに見《み》ている。それがせかされているように思《おも》えて、余計《よけい》にあせりは増《ま》した。

「あ、海《うみ》が見《み》えてきた」

矢吹君《やぶきくん》の隣《となり》で、白井君《しらいくん》が声《こえ》をあげた。

「キラキラしてきれいだねー」

すかさず春乃《はるの》ちゃんが話《はな》しかける。このために、矢吹君《やぶきくん》の班《はん》が座《すわ》っている席《せき》の前《まえ》を陣取《じんど》ったのだ。

「山《やま》も近付《ちかづ》いてきたよ」

今度《こんど》は鳴川君《なるかわくん》が指《ゆび》をさした。

「ほんとだ。楽《たの》しみだねー」

まゆりんも鳴川君《なるかわくん》と話《はな》せてうれしそうだ。

結局《けっきょく》、電車《でんしゃ》の中《なか》では何《なに》も聞《き》き出《だ》せなかった。鳴川君《なるかわくん》の隣《となり》には同《おな》じ班《はん》のすみれちゃんがいたんだから、本人《ほんにん》を目《め》の前《まえ》に聞《き》けっこないと自分《じぶん》を納得《なっとく》させる。

林間学校《りんかんがっこう》に着《つ》いてからは、すぐに夕《ゆう》ご飯《はん》のための飯《はん》ごうすいさんの準備《じゅんび》にかかった。まずは食材《しょくざい》の買《か》い出《だ》しのためにスーパーへ。

ここでは切《き》り出《だ》せるかと思《おも》ったのに、いつの間《ま》にか電車《でんしゃ》の時《とき》と同《おな》じ状況《じょうきょう》になってしまった。まゆりんが鳴川君《なるかわくん》を追《お》いかけていってしまったので、自然《しぜん》と矢吹君《やぶきくん》の班《はん》といっしょに買《か》い物《もの》をするはめになったのだ。

これじゃあ、物語《ものがたり》と反対《はんたい》のことばかり起《お》こっている。ほんとなら今頃《いまごろ》、まゆりんにすみれちゃんのことを聞《き》いて、この林間学校《りんかんがっこう》のうちに仲直《なかなお》りしようよと説得《せっとく》にかかっているはずなのに。

矢吹君《やぶきくん》も同《おな》じことを考《かんが》えているのか、みんなは楽《たの》しそうに野菜《やさい》や肉《にく》を選《えら》んでいるのに私《わたし》たちだけ表情《ひょうじょう》が暗《くら》い。そんな中《なか》、白井君《しらいくん》が放《はな》った言葉《ことば》に辺《あた》りは凍《こお》りついた。

「そういや、植村《うえむら》と片倉《かたくら》たちってまだけんかしてるの？　うちのすみれちゃんとも、仲《なか》よくしてくださいよー」

春乃《はるの》ちゃんや緑《みどり》ちゃんと顔《かお》を見合《みあ》わせるまゆりん。聞《き》いていないふりをしてタマネギを手《て》の中《なか》で転《ころ》がしているすみれちゃん。自分《じぶん》や鳴川君《なるかわくん》にはたくさん話《はな》しかけてくるのに、まゆりんたちはすみれちゃんとは一言《ひとこと》も口《くち》をきかないんだから、白井君《しらいくん》が不思議《ふしぎ》に思《おも》うのは当然《とうぜん》だ。

「けんかなんて、してないよー」

緑《みどり》ちゃんの一言《ひとこと》に、時間《じかん》はまた動《うご》きだした。

「そうそう。ねぇ、まおりん」

春乃《はるの》ちゃん、聞《き》く相手《あいて》をまちがえてるよ。けれど、私《わたし》にはどうすることもできず、首《くび》を縦《たて》とも横《よこ》ともとれる微妙《びみょう》な動《うご》きをさせることしかできなかった。

この白井君《しらいくん》の言葉《ことば》が引《ひ》き金《がね》になり、私《わたし》たちの班《はん》はサッと矢吹君《やぶきくん》の班《はん》から離《はな》れた。

「白井君《しらいくん》が私《わたし》たちのこと心配《しんぱい》してくれてたなんて」

ジャガイモの皮《かわ》をピーラーでむきながら、まゆりんが言《い》った。いや、白井君《しらいくん》はそんなこと考《かんが》えていないと思《おも》う。

「うん、白井君《しらいくん》ってほんとやさしい。っていうか、すみれが白井君《しらいくん》の班《はん》に入《はい》ったりするから心配《しんぱい》かけることになったんだよ」

春乃《はるの》ちゃんはタマネギの茶色《ちゃいろ》い皮《かわ》をむいているところだ。

「ほんと、それ」

緑《みどり》ちゃんはニンジンを洗《あら》っている。私《わたし》はお米《こめ》をとぎ終《お》わったところだった。

「ふつう、先生《せんせい》がいいって言《い》っても男子《だんし》の班《はん》に入《はい》るかな？　鳴川君《なるかわくん》も矢吹君《やぶきくん》もほんとは迷惑《めいわく》だって思《おも》ってるよね」

まゆりんの目線《めせん》の先《さき》には、矢吹君《やぶきくん》たちの班《はん》のテーブルが。少《すこ》し離《はな》れたところにあるのに、楽《たの》しげな様子《ようす》が伝《つた》わってくる。

「すみれは私《わたし》たち女子《じょし》より、男子《だんし》の方《ほう》が好《す》きなんじゃない？」

すみれちゃんを班《はん》に入《い》れようとしなかったのは春乃《はるの》ちゃんなのに、それはすっかり忘《わす》れているようだ。

「まおりんも、そう思《おも》わない？」

そろそろこの質問《しつもん》がくる頃《ころ》だと思《おも》った。春乃《はるの》ちゃんのするどい視線《しせん》に、私《わたし》はうなずくしかなかった。

また、流《なが》されてしまった。昨夜《さくや》、矢吹君《やぶきくん》と勇気《ゆうき》を出《だ》すって約束《やくそく》したのに。もうすみれちゃんのことを聞《き》かなくたって、みんながどう思《おも》っているかはわかったけれど。

矢吹君《やぶきくん》と物語《ものがたり》を考《かんが》えに考《かんが》えて、私《わたし》なりにがんばったこの三日間《かかん》は、無駄《むだ》だったのかな。

そう思《おも》うと、涙《なみだ》が出《で》そうだった。

「まおりん、大丈夫《だいじょうぶ》？　朝《あさ》からちょっと元気《げんき》がないみたいだけど」

まゆりんが私《わたし》の顔《かお》をのぞきこむ。

「うん。林間学校《りんかんがっこう》が楽《たの》しみすぎて、昨日《きのう》あんまり眠《ねむ》れなかっただけ」

涙《なみだ》をごまかすために、春乃《はるの》ちゃんがむき終《お》わったタマネギをザクザク切《き》っていく。

「それ、私《わたし》もー」

どうしよう。そもそも、どうしてまゆりんとすみれちゃんを仲直《なかなお》りさせたいんだっけ。

そうだ、気兼《きが》ねなく何《なん》でも話《はな》す親友同士《しんゆうどうし》の二人を見《み》るのが大好《だいす》きだったんだ。

「すみれ、ほんと邪魔《じゃま》。すみれがいるから白井君《しらいくん》の班《はん》に近《ちか》づきにくいよね」

春乃《はるの》ちゃんは、できあがったカレーを食《た》べながらも、まだぶつぶつ言《い》っていた。

それは、消灯時間《しょうとうじかん》になってもつづいた。

「すみれって、ほんと空気読《くうきよ》めないよね。ほんとならみんな鳴川君《なるかわくん》の班《はん》に入《はい》りたいって思《おも》ってたのに」

まゆりんが、かっこいいだとかやさしいだとか言《い》って魅力《みりょく》を広《ひろ》めたからか、鳴川君《なるかわくん》はうちのクラスの女子《じょし》のちょっとしたアイドル的存在《てきそんざい》になっていた。

「ほんと、ありえない」

「もっと周《まわ》りのこと考《かんが》えろって感《かん》じ」

春乃《はるの》ちゃんも緑《みどり》ちゃんも言《い》いたい放題《ほうだい》だ。

このままだと、またあの質問《しつもん》が飛《と》んでくる。

物語《ものがたり》の魔法《まほう》の力《ちから》は、もうあきらめた。今日一日《きょういちにち》、全然同《ぜんぜんおな》じようにはならなかったんだから。白井君《しらいくん》のおかげでまゆりんたちのすみれちゃんへの気持《きも》ちは明確《めいかく》になったけれど。

「私《わたし》、ちょっとおなか痛《いた》いからトイレ……」

これは、うそじゃなかった。胃《い》の辺《あた》りがキリキリする。寝不足《ねぶそく》な上《うえ》に聞《き》きたくもない悪《わる》口《ぐち》をずっと聞《き》かされているんだから仕方《しかた》ないかもしれない。

「大丈夫《だいじょうぶ》？　ついていこうか？」

まゆりんは抱《だ》きかかえていたまくらをわきに置《お》いた。

「ううん。長《なが》くなるかもだし、一人で大丈夫《だいじょうぶ》」

私《わたし》はそう言《い》って、逃《に》げるように部屋《へや》を出《で》た。

すみれちゃんは、今《いま》どうしているだろう。班《はん》は男子《だんし》とでも、寝《ね》る時《とき》はさすがに別《べつ》の女子《じょし》の班《はん》といっしょの部屋《へや》になっていたはずだ。だれとも話《はな》さずにいるんだろうな。もう寝《ね》たかな。それって、寂《さび》しい。この林間学校《りんかんがっこう》は、きっと何年《なんねん》か先《さき》になっても思《おも》い出《だ》すイベントの一つなのに。

こんなことを考《かんが》えていると、ますます胃《い》が痛《いた》くなってきた。と、その時《とき》、開《ひら》いていた非《ひ》常口《じょうぐち》に人影《ひとかげ》を見《み》つけた。

それは、すみれちゃんだった。何度《なんど》も見《み》た凛《りん》とした横顔《よこがお》。

勇気《ゆうき》を出《だ》すのは今《いま》かもしれない。でも、何《なん》て声《こえ》をかけよう。もしだれかにその様子《ようす》を見《み》られたりしたらやっかいだけど……。

どうしよう。ううん、もう答《こた》えは決《き》まってる。私《わたし》は私《わたし》を大事《だいじ》にするために、私《わたし》が大事《だいじ》にしたい人《ひと》と友達《ともだち》になるんだ。

「きれいな月《つき》だね」

私《わたし》はすみれちゃんを選《えら》ぶんだ。

振《ふ》り向《む》くすみれちゃん。月明《つきあ》かりの下《した》なのに、目《め》の周《まわ》りがうっすら赤《あか》いのがわかった。

「万緒《まお》……」

私《わたし》の名前《なまえ》を呼《よ》んで、さっと目《め》をそらす。そして、つづけた。

「もう仲《なか》よくないから、呼《よ》び捨《す》てにするのは変《へん》かもね」

ひざを抱《かか》えて座《すわ》っているすみれちゃんの隣《となり》に、私《わたし》も腰《こし》をおろした。

「ううん、万緒《まお》って呼《よ》んで」

そして、気付《きづ》いた。すみれちゃんからすると、仲《なか》よくなくなったのはまゆりんだけじゃなかったんだ。私《わたし》だって、すみれちゃんを遠《とお》ざけていた一人だったんだ。そりゃそうだよね。

「私《わたし》、すみれちゃんと仲《なか》よくなりたい。今《いま》までずっと何《なに》もできなくてごめんなさい」

私《わたし》の声《こえ》は、震《ふる》えていた。

すみれちゃんが、パッとこっちを向《む》く。

「それ、ほんと？」

私《わたし》は大《おお》きくうなずいた。戻《もど》れないところまできてしまった気《き》がした。けれど、いいんだ。私《わたし》はもう、自分《じぶん》にもうそをつかない。

「けんかでもしたの？　真由里《まゆり》のこと、いやになった？」

「ううん。まゆりんのこと、きらいになったわけじゃないの。すみれちゃんとちゃんと友達《ともだち》になりたいっていうのは、けっこう前《まえ》から思《おも》ってたことなんだ」

「そう……なんだ」

すみれちゃんは、私《わたし》がまゆりんたちとけんかしたから自分《じぶん》のところに来《き》たのだと思《おも》っているようだった。こっちをじっと疑《うたが》いの目《め》で見《み》ている。

「えっと、あ、そうだ。ミオちゃんって知《し》ってる？」

いくら話題《わだい》を変《か》えるためとはいえ、直球《ちょっきゅう》すぎたかなと口《くち》にしてから思《おも》った。

「えっ？　なんで万緒《まお》がミオのこと知《し》ってるの？　矢吹君《やぶきくん》が書《か》いてる小説《しょうせつ》、もしかして万《ま》緒《お》も読《よ》んでる？」

今度《こんど》は私《わたし》が驚《おどろ》く番《ばん》だった。

すみれちゃんが言《い》うには、掃除《そうじ》の時《とき》に矢吹君《やぶきくん》の机《つくえ》を倒《たお》してしまい、偶然《ぐうぜん》見《み》つけたとのこと。それからつづきが気《き》になって、矢吹君《やぶきくん》に秘密《ひみつ》でこっそり机《つくえ》から拝借《はいしゃく》していたそうだ。

「実《じつ》はあれ、矢吹君《やぶきくん》が書《か》いたんじゃなくて、私《わたし》が書《か》いたの。うちのお姉《ねえ》ちゃんが勝手《かって》に矢《や》吹君《ぶきくん》に渡《わた》しちゃってね。私《わたし》も最近《さいきん》まで知《し》らなかったんだ」

まさかあれを、矢吹君《やぶきくん》が書《か》いたと思《おも》われていたなんてなぁ。

「この前読書感想文《まえどくしょかんそうぶん》で賞《しょう》もとってたし、てっきり矢吹君《やぶきくん》とばかり思《おも》ってた」

私《わたし》は苦笑《にがわら》いするしかなかった。

「もしかして、小説家《しょうせつか》を目指《めざ》してたりする？」

「う、うん。一応《いちおう》……」

「実《じつ》は私《わたし》もね、目指《めざ》してるものがあって……。役者《やくしゃ》さんに……女優《じょゆう》さんになりたいの。だから小説《しょうせつ》のセリフ、一人の時《とき》に思《おも》い出《だ》して演《えん》じて練習《れんしゅう》してるんだ」

すみれちゃんが女優《じょゆう》を目指《めざ》していたなんて。だからだったんだ。いっきに今《いま》までの疑問《ぎもん》が解《と》けた。

山《やま》の夜《よる》は寒《さむ》かった。最初《さいしょ》はどうってことなかったのに、じっとしていると冷《ひ》えてくる。けれど、お互《たが》いの夢《ゆめ》についていろいろ話《はな》していると、部屋《へや》に戻《もど》る気《き》にはちっともなれなかった。昨日《きのう》もほとんど寝《ね》ていないから眠《ねむ》いはずなのに、ずっとこのまま朝《あさ》まで話《はな》していたいと思《おも》った。

「万緒《まお》、努力《どりょく》してるんだね。あんなにたくさん書《か》けるなんて、すごいよ」

「ううん、全然《ぜんぜん》。まだまだだよ。すみれちゃんはお芝居《しばい》のために勉強《べんきょう》もスポーツもがんばってたんだね」

「どんな役《やく》でも演《えん》じられるように、今《いま》から頭《あたま》も体《からだ》もきたえておかなくちゃ」

すみれちゃんが、クラスで一人でも凛《りん》と強《つよ》い理由《りゆう》がわかった気《き》がした。

「夢《ゆめ》のこと、ママ以外《いがい》の人《ひと》に話《はな》すの初《はじ》めて。万緒《まお》に話《はな》せてよかった」

「私《わたし》も」

あ、今《いま》、私《わたし》は私《わたし》の物語《ものがたり》の主人公《しゅじんこう》になっている気《き》がする。こんな会話《かいわ》を、ずっと友達《ともだち》としてみたかったんだ。

見回《みまわ》りの先生《せんせい》の足音《あしおと》が聞《き》こえてきたので、私《わたし》たちはさっと立《た》ち上《あ》がった。

「もっと話《はな》してたかったね」

おそるおそる、言《い》ってみた。同《おな》じ気持《きも》ちならいいんだけど。

「うん、ほんとにね。ありがとう、万緒《まお》」

もう、胃《い》の痛《いた》みなんてどこかへいっていた。

「まおりん、昨日《きのう》どこへ行《い》ってたの？　帰《かえ》ってこないから心配《しんぱい》してたんだよ。先《さき》に寝《ね》ちゃったけど……」

朝《あさ》、「おはよう」より前《まえ》にまゆりんが言《い》う。

「えっと……」

正直《しょうじき》に言《い》うべき、だよね。

「もしかして、好《す》きな人《ひと》のところへ行《い》ってたりしてー」

春乃《はるの》ちゃんがしおりを口元《くちもと》にあててにやりと笑《わら》った。

「えっと……、うん。ちょっと仲《なか》よくなりたい人《ひと》がいて……」

うそは、ついていないつもりだ。

「キャー！　なんで今《いま》まで言《い》ってくれなかったのー」

私《わたし》が言《い》い終《お》わるか終《お》わらないうちに、まゆりんが声《こえ》をあげる。

「それで、だれ？　うちのクラス？」

「えっと、それは……」

「まおりんが照《て》れてるー！　かわいいー！」

春乃《はるの》ちゃんも、やけにテンションが高《たか》い。いや、私《わたし》は照《て》れてるんじゃなく、困《こま》ってるんだけど……。

「あっ、もう時間《じかん》だよ。急《いそ》ごう！」

緑《みどり》ちゃんの声《こえ》に時計《とけい》を見《み》ると、集合時間《しゅうごうじかん》の三分前《ぷんまえ》だった。ばたばたと部屋《へや》を出《で》ていくみんな。私《わたし》はだれにも見《み》られないようにこっそり深呼吸《しんこきゅう》してから、後《あと》を追《お》った。

Rin 13 暗《くら》いトンネル

古屋《ふるや》さんの物語《ものがたり》の魔法《まほう》は、もう切《き》れてしまったのかもしれない。ぼくたちは、林間学校《りんかんがっこう》の一日目《にちめ》からうまく物語《ものがたり》のように進《すす》めることができないでいた。

これからぼくはどうしたらいいんだろう。こんなことを考《かんが》えながら迎《むか》えた二日目《かめ》の朝《あさ》。どんよりした天気《てんき》で、折《お》りたたみ傘《がさ》をうちに忘《わす》れたことに気《き》が付《つ》いたけれど、それほど心《しん》配《ぱい》にならなかった。

集合場所《しゅうごうばしょ》に行《い》くと、女子《じょし》たちがこそこそと話《はな》しているのが聞《き》こえてきた。

「まおりん、昨日《きのう》の夜《よる》すみれといっしょにいたんだって」

「里美《さとみ》がトイレに行《い》く時《とき》に見《み》たって」

「仲《なか》よさそうにしゃべってたらしいよ」

「二人でまゆりんたちの悪口《わるぐち》、言《い》ってたんだよ」

「それってまゆりんたちは知《し》ってるのかな？」

見回《みまわ》して古屋《ふるや》さんを探《さが》した。まだ来《き》ていないようだ。

「女子《じょし》が女子《じょし》と夜《よる》に会《あ》ってたぐらいで、なんでこんな変《へん》な空気《くうき》になってんだ？」

直政《なおまさ》も聞《き》いていたらしく、首《くび》をかしげている。まぁ、そりゃそうだ。でも、今回《こんかい》は女子《じょし》というより相手《あいて》が植村《うえむら》さんだから問題視《もんだいし》されているんだ。

しばらくして、古屋《ふるや》さんたちの班《はん》がおしゃべりしながらかけてきた。様子《ようす》からすると、まだうわさは知《し》らないようだ。

うわさが本当《ほんとう》なら、古屋《ふるや》さんはいったいどういうつもりなんだろう。植村《うえむら》さんと片倉《かたくら》さんを仲直《なかなお》りさせるのは、もうあきらめてしまったのかな。うわさが片倉《かたくら》さんの耳《みみ》に入《はい》ったら大変《たいへん》なことになりそうなのは、古屋《ふるや》さんだってわかっているはずなのに。それとも、植《うえ》村《むら》さんと話《はな》していたというのは作戦《さくせん》の一つなのかな。

いろいろと疑問《ぎもん》がわいてくるけれど、女子《じょし》が固《かた》まっているところにいきなり突《つ》っ込《こ》んでいって聞《き》く度胸《どきょう》はなかった。

ぼくたちは、港《みなと》からフェリーに乗《の》った。友ケ島《ともがしま》へは、二十分《ぷん》ほどで着《つ》くそうだ。

「けっこう小《ちい》さい船《ふね》だね。あ、デッキに出《で》られるみたい」

鳴川君《なるかわくん》はそう言《い》って、せまい船内《せんない》を出《で》ていった。

「オレも行《い》く！」

直政《なおまさ》もその後《あと》につづく。植村《うえむら》さんは、どこだろう。もう船内《せんない》のいすに座《すわ》って、荷物《にもつ》をおろそうとしていた。

「植村《うえむら》さんも行《い》こうよ」

ぼくは植村《うえむら》さんのリュックを持《も》ち、半《なか》ば強引《ごういん》にデッキに連《つ》れていった。

植村《うえむら》さんを一人にしてはいけない。一人にしたら、「ミオちゃん」が出《で》てきてしまうからだ。これ以上《いじょう》植村《うえむら》さんが「変《へん》な人《ひと》」だと思《おも》われないためにも、ぼくがミオの代《か》わりにならなくちゃ。

デッキは風《かぜ》が強《つよ》かった。曇《くも》り空《ぞら》のせいか、海《うみ》の色《いろ》が黒々《くろぐろ》と見《み》える。

「友ケ島《ともがしま》、楽《たの》しみですね」

オースティン先生《せんせい》が鼻歌《はなうた》を歌《うた》いながらやってきた。

「えー、何《なに》もないじゃん」

直政《なおまさ》は小《ちい》さい頃何度《ころなんど》も家族《かぞく》で行《い》ったことがあるとのこと。そういえば、直政《なおまさ》のお父《とう》さんはキャンプが大好《だいす》きなんだっけ。

「そんなことないよ。戦争《せんそう》の時《とき》には要塞《ようさい》だったんだって。だから砲台跡《ほうだいあと》とか弾薬庫《だんやくこ》とかがあるみたいだよ」

鳴川君《なるかわくん》の手《て》のしおりは、風《かぜ》にパタパタと揺《ゆ》れて気《き》を抜《ぬ》いたらすぐに飛《と》んでいきそうだ。

「そうですよ。それに、友ケ島《ともがしま》はぼくが一番《いちばん》日本で来《き》たかった場所《ばしょ》なんです。大好《だいす》きな映《えい》画《が》の舞台《ぶたい》に似《に》ていると、インターネットで評判《ひょうばん》になっていまして……」

「それって、もしかして……」

ぼくたちの前《まえ》ではあまりしゃべらない植村《うえむら》さんが、オースティン先生《せんせい》の話《はなし》に食《く》いついた。

こんな目《め》をキラキラさせた横顔《よこがお》、初《はじ》めて見《み》る。

しばらくして、植村《うえむら》さんは英語《えいご》を話《はな》し始《はじ》めた。たどたどしくはあるけれど、ちゃんとオースティン先生《せんせい》と会話《かいわ》できている。映画《えいが》に興味《きょうみ》のない直政《なおまさ》と話《はなし》から外《はず》れて冗談《じょうだん》を言《い》い合《あ》っている途中《とちゅう》だったけれど、ぼくたちはそれを聞《き》き逃《のが》さなかった。

「植村《うえむら》、すげー」

直政《なおまさ》の声《こえ》に、ぼくも何度《なんど》もうなずく。

「何《なん》の話《はなし》してたの？」

「私《わたし》、英語《えいご》がもっと上手《じょうず》になりたいから、私《わたし》と話《はな》す時《とき》はできるだけ英語《えいご》にしてくださいってお願《ねが》いしていたの」

「ぼ、ぼくにもお願《ねが》いします」

思《おも》わず口走《くちばし》っていた。

「リン、そんなこと言《い》っても、わかるの？」

鳴川君《なるかわくん》が意外《いがい》そうな顔《かお》をしてこっちを見《み》ている。

「わかんないけど……」

「まずは植村《うえむら》みたいにそれを英語《えいご》で言《い》わなきゃ」

直政《なおまさ》だって英語《えいご》ができないくせに。

「えっと、プリーズ……、なんだっけ」

「少《すこ》しずつでいいんですよ」

オースティン先生《せんせい》は、うれしそうに目《め》を細《ほそ》めた。

植村《うえむら》さんががんばりやなのは前《まえ》から知《し》っていたけれど、英語《えいご》にまで一生懸命《いっしょうけんめい》だなんてすごいなぁ。どうしてこんなにがんばれるんだろう。

それは、もうすぐ友ケ島《ともがしま》に着《つ》くという時《とき》だった。

「あっ」

植村《うえむら》さんが小《ちい》さく声《こえ》をあげた。

視線《しせん》の先《さき》は、船内《せんない》。女子《じょし》たちが古屋《ふるや》さんをとり囲《かこ》んでいる。

ここからでは声《こえ》は聞《き》こえないけれど、明《あき》らかに穏《おだ》やかな雰囲気《ふんいき》ではなかった。うわさが片倉《かたくら》さんたちの耳《みみ》に届《とど》いたんだ。

ここからでは、古屋《ふるや》さんの顔《かお》は見《み》えない。

少《すこ》しして、古屋《ふるや》さんは一人になった。

「万緒《まお》……」

植村《うえむら》さんが、ぽつりとつぶやいた。ぼくも心《こころ》の中《なか》で古屋《ふるや》さんの名前《なまえ》を呼《よ》ぶことしかできなかった。

「必《かなら》ず班《はん》で行動《こうどう》するように！」

フェリーが友ケ島《ともがしま》へ着《つ》いてすぐ、担任《たんにん》の木下先生《きのしたせんせい》が厳《きび》しい口調《くちょう》で言《い》った。

「はーい」

「おまえたち、返事《へんじ》だけはいつもいいなぁ」

先生《せんせい》はそう言《い》って、隣《となり》のクラスの先生《せんせい》と笑《わら》っていた。

班行動《はんこうどう》ということは、古屋《ふるや》さんはずっと片倉《かたくら》さんたちといっしょにいなければならないということになる。さっきけんかしたばかりなのに、大丈夫《だいじょうぶ》かな。大丈夫《だいじょうぶ》じゃないよな。

何《なに》も気付《きづ》いていない、あるいは気《き》にしていない他《ほか》の男子《だんし》だけの班《はん》が、我先《われさき》にと島《しま》の奥《おく》へと走《はし》っていく。

「オレたちも急《いそ》ごうぜ」

直政《なおまさ》も、そう言《い》ってリュックを背負《せお》い直《なお》した。フェリーでは人一倍《ひといちばい》つまらなさそうにしていたくせに。

ずしんと重《おも》い空気《くうき》をまとう古屋《ふるや》さんたちの班《はん》。ぼくはちらちらと振《ふ》り向《む》きながら、直政《なおまさ》たちの後《あと》を追《お》った。


初《はじ》めての友ケ島《ともがしま》。

オースティン先生《せんせい》の言《い》ったとおりだった。まるでファンタジーの世界《せかい》のようだ。

レンガ造《づく》りの要塞跡《ようさいあと》には緑《みどり》のコケやツタがおおいかぶさり、空《そら》からはやわらかい木《こ》もれ日《び》が降《ふ》り注《そそ》いで神秘的《しんぴてき》だった。探《さが》せば精霊《せいれい》でもいそうだ。

驚《おどろ》いたのは、レンガでできたトンネルの暗《くら》さだ。外《そと》のまばゆいばかりのやわらかい光《ひかり》に目《め》が慣《な》れていたからか、中《なか》の暗闇《くらやみ》は鳥肌《とりはだ》が立《た》つほどだった。

「吸《す》い込《こ》まれそうな感《かん》じ」

直政《なおまさ》と鳴川君《なるかわくん》はこんなことを言《い》いながらも懐中電灯《かいちゅうでんとう》を片手《かたて》にどんどんトンネルの奥《おく》へ入《はい》っていく。植村《うえむら》さんも平気《へいき》なようで、だまってついていく。ぼくはこういうの、苦手《にがて》なんだけどな。だからって、ここで戻《もど》ろうなんてかっこ悪《わる》くて言《い》えないし……。

後《うし》ろを振《ふ》り返《かえ》ると、トンネルの入《い》り口《ぐち》が黄金色《こがねいろ》に輝《かがや》いて見《み》えた。昼《ひる》って、あんなに明《あか》るいものなんだな。

中《なか》は迷路《めいろ》のようで、すぐに入《い》り口《ぐち》は見《み》えなくなってしまった。やっぱりこんなところ、早《はや》く出《で》たい……。みんなとはぐれないようにしなきゃ。

そう思《おも》った時《とき》には、遅《おそ》かった。

いつの間《ま》にか、一人になっていた。

「直政《なおまさ》、どこー？」

叫《さけ》んでみたけれど、声《こえ》が反響《はんきょう》するだけで返事《へんじ》はない。

やばい。無人島《むじんとう》の要塞跡《ようさいあと》で迷子《まいご》だなんて。真《ま》っ暗《くら》で何《なに》も見《み》えないし、体《からだ》も冷《ひ》えてきた。

怖《こわ》い。でも、立《た》ち止《ど》まっていても仕方《しかた》ない。

進《すす》まなきゃ。トンネルを抜《ぬ》けさえすれば、みんなに会《あ》えるはずだ。

そうして次《つぎ》の角《かど》を曲《ま》がった時《とき》だった。ぼくは何《なに》かにぶつかった。

「キャーー」

「うわー」

思《おも》わずぼくも叫《さけ》ぶ。に、人間《にんげん》だよね？　暗《くら》くてだれかは見《み》えない。

「すみません。ぼく、迷《まよ》っちゃって」

「え、もしかして、矢吹君《やぶきくん》？」

それは、聞《き》き慣《な》れた声《こえ》だった。

「古屋《ふるや》さん、なんでここにいるの？」

「それはこっちのセリフよ。なんで矢吹君《やぶきくん》がここに？」

「直政《なおまさ》たちと、はぐれちゃって……」

「私《わたし》もまゆりんたちと……」

ぼくたちは手探《てさぐ》りで壁《かべ》をつたい、目《め》がなれてきた頃《ころ》にようやくトンネルの出口《でぐち》を見《み》つけた。ホッと胸《むね》をなでおろす。

「よかった。直政《なおまさ》たち、いるかな」

走《はし》り出《で》ようとして、服《ふく》をぐっとつかまれた。

「どうしたの？」

「しっ」

薄暗《うすぐら》い中《なか》、古屋《ふるや》さんが人《ひと》さし指《ゆび》を口《くち》に当《あ》てた。

「ちょっとやりすぎたかな？」

片倉《かたくら》さんの声《こえ》がする。そっとのぞくと、出口《でぐち》の横《よこ》には桐谷《きりたに》さんと渡辺《わたなべ》さんもいた。

「別《べつ》に大丈夫《だいじょうぶ》よ。トンネルは暗《くら》いっていっても昼《ひる》だし、無人島《むじんとう》っていっても小《ちい》さい島《しま》なんだから。帰《かえ》りまでには港《みなと》にたどり着《つ》けるでしょ」

何《なん》の話《はなし》だろう。ハッとして古屋《ふるや》さんを見《み》ると、奥歯《おくば》をギュッとかみしめていた。

「一人になって私《わたし》たちにしたこと、反省《はんせい》したらいいのよ」

しばらく聞《き》いていて、ようやくわかった。古屋《ふるや》さんは、わざとひとりぼっちにされたのだ。

片倉《かたくら》さんたちが行《い》ってしまった後《あと》、ようやく古屋《ふるや》さんはぼくの服《ふく》から手《て》を離《はな》した。こんな時《とき》、何《なん》て言《い》っていいか、ぼくは知《し》らなかった。

「私《わたし》、こんなことされるの初《はじ》めてだ」

まるでスローモーションのようにゆっくりと、笑顔《えがお》を作《つく》る。

ぼくは古屋《ふるや》さんの手《て》を引《ひ》いて、暗《くら》いトンネルを出《で》た。まばゆい光《ひかり》が、サッとぼくらに落《お》ちてくる。にぎりしめた手《て》は、プルプル震《ふる》えていた。

「無理《むり》して笑《わら》わなくていい」

もっと、ただ悲《かな》しいって言《い》えばいいんだ。

「泣《な》いていいよ」

震《ふる》えを止《と》めるように、ぼくは古屋《ふるや》さんの手《て》をにぎり直《なお》した。古屋《ふるや》さんは、歯《は》を食《く》いしばりながら泣《な》いた。いくつもの涙《なみだ》が、黒《くろ》い土《つち》に落《お》ちてははじける。

ぼくは、空《そら》を見上《みあ》げる。

空《そら》が、いつの間《ま》にか青《あお》い。

深呼吸《しんこきゅう》すると、すがすがしい空気《くうき》が体中《からだじゅう》をかけめぐった。


「あー！　リンが古屋《ふるや》を泣《な》かしてる！」

トンネルから、直政《なおまさ》たちが出《で》てきた。

「古屋《ふるや》、リンに何《なに》されたの？」

鳴川君《なるかわくん》までこんなことを言《い》う。

「万緒《まお》、どうしたの？」

植村《うえむら》さんがかけよってきた。だまって首《くび》を振《ふ》る古屋《ふるや》さん。だからぼくも何《なに》も言《い》わないことにした。植村《うえむら》さんは何《なに》か察《さっ》したようだ。それから古屋《ふるや》さんにつきっきりだった。

帰《かえ》りのフェリーの時間《じかん》が来《き》た。みんな港《みなと》に集《あつ》まってくる。

「まおりん、どこに行《い》ってたの」

「心配《しんぱい》したんだよ」

オースティン先生《せんせい》がこっちを見《み》ているからだろう。片倉《かたくら》さんと桐谷《きりたに》さんが口々《くちぐち》にこんなことを言《い》う。

「心配《しんぱい》、かけたんだ」

古屋《ふるや》さんのいやみは、伝《つた》わっただろうか。

フェリーが港《みなと》を出《で》た。みんな口数少《くちかずすく》なかった。古屋《ふるや》さんは、船《ふね》が出《だ》す白《しろ》い泡《あわ》をデッキからずっと見《み》つめていた。

夜《よる》、消灯時間《しょうとうじかん》になってもぼくは全然眠《ぜんぜんねむ》くならなかった。

「リン、何《なに》かおもしろい話《はなし》ない？」

鳴川君《なるかわくん》はそう言《い》いながら、あくびをしている。

「もう寝《ね》ていいって」

直政《なおまさ》はそう言《い》って、鳴川君《なるかわくん》のお菓子《かし》をつまんだ。

「今日《きょう》は最後《さいご》の夜《よる》だし、早《はや》く寝《ね》たらなんかもったいないだろ……」

それはわかる気《き》がした。けれど、早寝早起《はやねはやお》きが日課《にっか》だという鳴川君《なるかわくん》には、もう遅《おそ》い時間《じかん》だった。

少《すこ》しして、鳴川君《なるかわくん》は寝《ね》てしまった。その横《よこ》で、直政《なおまさ》は「夜《よる》はこれからだ」とか言《い》って目《め》をらんらんとさせている。

「他《ほか》の部屋《へや》とか、言《い》ってみようぜ」

くつをはきかえ、食《た》べかけの鳴川君《なるかわくん》のお菓子《かし》を持《も》って、直政《なおまさ》はもう準備万端《じゅんびばんたん》だ。

「見《み》つかったら怒《おこ》られるよ」

「じゃあ、ちょっと探検《たんけん》しようぜ」

じゃあ、の意味《いみ》はわからないけれど、ぼくはついていくことにした。

忍《しの》び足《あし》で建物《たてもの》の前《まえ》の広場《ひろば》に出《で》た。

辺《あた》りは真《ま》っ暗《くら》だ。けれど、昼間《ひるま》トンネルで迷子《まいご》になった時《とき》のような恐怖《きょうふ》は感《かん》じなかった。秋《あき》の虫《むし》の大合唱《だいがっしょう》が耳《みみ》に心地《ここち》いい。

振《ふ》り返《かえ》ると、ぽつぽつと部屋《へや》の明《あ》かりが見《み》える。まだ起《お》きてる子《こ》、けっこういるんだ。

「あそこ、行《い》ってみようぜ。オレらと同《おな》じにおいがする」

直政《なおまさ》が指《ゆび》さした先《さき》の非常階段《ひじょうかいだん》に、だれかがいた。二人いる。

「二階《かい》だから、女子《じょし》かな？」

ぼくたちは、忍者《にんじゃ》になったつもりで音《おと》を立《た》てないように階段《かいだん》をかけ上《あが》る。

そこにいたのは、植村《うえむら》さんと古屋《ふるや》さんだった。二人はまさかぼくたちが来《く》るとは思《おも》っていなかったのか、後《うし》ろから声《こえ》をかけたこともあり、もうすぐで叫《さけ》ばれるところだった。

「そういや、古屋《ふるや》。今日《きょう》はちょっとおかしかったけど、何《なに》かあったの？」

直政《なおまさ》は、いつでも直球《ちょっきゅう》だ。

「自分《じぶん》の悪口《わるぐち》を言《い》われてるところを、ちょうど聞《き》いちゃっただけだよ」

答《こた》えないかと思《おも》ったのに、古屋《ふるや》さんはそう言《い》って抱《かか》えた足《あし》に顔《かお》をうずめた。

「そ、そっか……」

どう反応《はんのう》していいかわからないのか、直政《なおまさ》は頭《あたま》をかいた。けれど次《つぎ》の瞬間《しゅんかん》、はっきりとこう言《い》ったのだ。

「友達《ともだち》と話《はな》すならさ、もっと大事《だいじ》なこと、あるよな。人《ひと》のこと気《き》にして悪《わる》く言《い》うやつは、そうとう暇《ひま》なんだよ」

みんな、ハッとして直政《なおまさ》を見《み》た。

「そうだよね。目標《もくひょう》のことだけ考《かんが》えてたら、人《ひと》のことなんてちっとも気《き》にならなくなる」

植村《うえむら》さんが、つぶやくように言《い》う。

「すみれちゃんは、気《き》にしなさすぎ」

一人吹《ふ》き出《だ》す古屋《ふるや》さん。

「え？　どういうこと？」

理由《りゆう》を聞《き》いたところ、夢《ゆめ》は女優《じょゆう》になることだと植村《うえむら》さんが教《おし》えてくれた。

「好《す》きな小説《しょうせつ》とかドラマのセリフを思《おも》い出《だ》して練習《れんしゅう》してるんだ」

「もしかして、植村《うえむら》さんもあの物語《ものがたり》、読《よ》んでる？」

苦笑《にがわら》いする古屋《ふるや》さんの横《よこ》でうなずく植村《うえむら》さん。

そうか、そうだったんだ。

これまでの疑問《ぎもん》がとけて、スッキリ。でも、ショックだ。だって、今《いま》までのは偶然《ぐうぜん》でも物語《ものがたり》の魔法《まほう》でもなかったということになる。

「なに、どういうこと？」

首《くび》をかしげている直政《なおまさ》に、一《いち》から説明《せつめい》する。

「オレ、ほんとにミオがいるのかと思《おも》ったし」

直政《なおまさ》も、植村《うえむら》さんにだまされかけたうちの一人だった。

「ほめ言葉《ことば》ととっておくね」

植村《うえむら》さんはうれしそうだ。

周《まわ》りに高《たか》い建物《たてもの》が全《まった》くないからか、星《ほし》がきれいだ。座《すわ》って見上《みあ》げると、宇宙《うちゅう》にいるような気分《きぶん》になった。

「私《わたし》、きっとこの夜《よる》を一生忘《いっしょうわす》れない気《き》がする」

横目《よこめ》で見《み》た古屋《ふるや》さんは、すっきりとした顔《かお》をしていた。

「作家《さっか》さんらしい言葉《ことば》だね」

目《め》が合《あ》ってしまったので、ぼくは照《て》れ隠《かく》しのつもりで言《い》った。そして、パッと手《て》で口《くち》を押《お》さえる。

「古屋《ふるや》って、作家《さっか》を目指《めざ》してるの？」

すぐに直政《なおまさ》が飛《と》びついてきた。

「ミオちゃんが出《で》てくる小説《しょうせつ》は、万緒《まお》が書《か》いたんだよ」

植村《うえむら》さんはもう知《し》っていたようだ。

「だれにも言《い》ってなかったけど、オレの夢《ゆめ》は水泳《すいえい》でオリンピックに出《で》ることなんだ」

照《て》れ臭《くさ》そうに鼻《はな》をかく直政《なおまさ》。

初《はじ》めて本人《ほんにん》の口《くち》から聞《き》いた。やっと、教《おし》えてくれた。知《し》ってたけど。

「みんなの夢《ゆめ》、かなうといいね」

と、植村《うえむら》さん。

「そういや、リンって夢《ゆめ》ないの？」

直政《なおまさ》の唐突《とうとつ》な質問《しつもん》。でも、ずっと何《なん》となく考《かんが》えてきた目標《もくひょう》が今固《いまかた》まった気《き》がした。

「ぼくは、いつか英語《えいご》で物語《ものがたり》が書《か》けたらなって思《おも》ってる」

こう言《い》い終《お》わらないうちに、古屋《ふるや》さんの視線《しせん》が飛《と》んできた。

「でも、水泳《すいえい》ももっとがんばって、いけるところまでいってみたいんだ」

今度《こんど》はお菓子《かし》の袋《ふくろ》に手《て》を伸《の》ばそうとしていた直政《なおまさ》が、パッと顔《かお》を上《あ》げた。

二人のぎょっとしたような顔《かお》。こらえきれず、夜空《よぞら》にぼくの笑《わら》い声《ごえ》が響《ひび》く。

夢《ゆめ》ができるのって、こんなに一瞬《いっしゅん》のことなんだ。まぁ、半分《はんぶん》くらい口任《くちまか》せだけど、それでも言葉《ことば》にするって気持《きも》ちいいな。それに、二人のこんな表情《ひょうじょう》が見《み》られるのも悪《わる》くない。

「じゃあ、矢吹君《やぶきくん》は万緒《まお》と白井君《しらいくん》のライバルになるってことね」

口《くち》を押《お》さえながら笑《わら》いをこらえる植村《うえむら》さんを見《み》て、ホッとした。もう、これから何《なに》があっても、きっと大丈夫《だいじょうぶ》だ。植村《うえむら》さんは、一人じゃない。笑《わら》い合《あ》えるぼくらがいる。

それにしても、古屋《ふるや》さんとはずっと仲《なか》よくしていなかったはずだし、まさか千織《ちおり》さんと友達《ともだち》ってわけじゃないはずなのに、どうやって植村《うえむら》さんは物語《ものがたり》を読《よ》んだんだろう。

Mao 14 ビターな親友《しんゆう》

林間学校《りんかんがっこう》の最後《さいご》の夜《よる》、私《わたし》は前《まえ》の日《ひ》と同《おな》じようにすみれちゃんと非常階段《ひじょうかいだん》に座《すわ》って話《はなし》をしていた。まゆりんたちにずっと無視《むし》されているので、それに耐《た》え切《き》れなくなって部屋《へや》を出《で》てきたのだ。

「今日《きょう》は大変《たいへん》だったね」

「ううん。すみれちゃんはずっとこんな感《かん》じだったんだよね。」

すみれちゃんは静《しず》かに首《くび》を横《よこ》に振《ふ》った。でも、これまでたくさん自分《じぶん》への悪口《わるぐち》を聞《き》いてきたはずだ。

「私《わたし》はね、もう真由里《まゆり》と前《まえ》みたいになれなくてもいいの」

すみれちゃんのまゆりんへの気持《きも》ち。それは、私《わたし》がずっと聞《き》きたかったことだった。

「だって、真由里《まゆり》とは根本的《こんぽんてき》に向《む》いている方向《ほうこう》がちがうんだもん。長《なが》い付《つ》き合《あ》いだったけど、遅《おそ》かれ早《はや》かれこうなってたのかもって最近《さいきん》は思《おも》ってる。前《まえ》は必要《ひつよう》とされるのが、ただうれしかったんだけどね。演技《えんぎ》でこたえつづけるのは、もうしんどいなって。やっぱり友《とも》達《だち》って、素《す》で付《つ》き合《あ》うものでしょ。もう自分《じぶん》にもうそつきたくないんだ。だれのためにもならないしね」

私《わたし》が見《み》ていたのは、まゆりんの理想《りそう》の親友《しんゆう》を演《えん》じていたすみれちゃんだったんだ。

「そうだよね」

「うん。だからこれからよろしくね、万緒《まお》」

友情《ゆうじょう》に時間《じかん》は関係《かんけい》ないとどこかで読《よ》んだことがあったけれど、ほんとかもしれない。ほんとでよかった。

それから私《わたし》たちは、今《いま》まで読《よ》んだ本《ほん》の話《はなし》をした。本《ほん》の記録《きろく》ノートをつけていると話《はな》すと、すみれちゃんは目《め》を輝《かがや》かせて見《み》せてほしいと言《い》ってくれた。

しばらくして、矢吹君《やぶきくん》と白井君《しらいくん》がやってきた。

矢吹君《やぶきくん》がうっかり私《わたし》の夢《ゆめ》をばらしちゃったけれど、聞《き》かれたのが白井君《しらいくん》でよかったな。

思《おも》いがけず白井君《しらいくん》の夢《ゆめ》もわかったし。

四人《にん》で将来《しょうらい》の夢《ゆめ》について語《かた》っていると、時間《じかん》はいくらあっても足《た》りなさそうだった。いっきに三人《にん》も本当《ほんとう》の友達《ともだち》ができたみたい。

「早《はや》く寝《ね》ないと大《おお》きくなれませんよ」

こう言《い》いながら見回《みまわ》りにやってきたのは、身長《しんちょう》が一八〇センチあるオースティン先生《せんせい》。

「そりゃ大変《たいへん》。寝《ね》なくっちゃ」

白井君《しらいくん》は「また明日《あした》」と、階段《かいだん》を降《お》りていった。オースティン先生《せんせい》も、その後《あと》を笑《わら》いながら追《お》いかける。あわてて矢吹君《やぶきくん》もそれにつづく。

その後《うし》ろ姿《すがた》に、思《おも》わずこんな言葉《ことば》が出《で》た。

「ありがとう」

ずっと、私《わたし》を応援《おうえん》してくれて。

矢吹君《やぶきくん》が振《ふ》り向《む》く。

「こっちこそ！」

来年《らいねん》は、読書感想文《どくしょかんそうぶん》でも負《ま》けないから。

そうだ、矢吹君《やぶきくん》が英語《えいご》の勉強《べんきょう》をちゃんとするつもりなら、時々《ときどき》うちのお姉《ねえ》ちゃんにも教《おし》えてもらったらいいんじゃないかな。大喜《おおよろこ》びで毎日《まいにち》のように矢吹君《やぶきくん》んちに押《お》しかけるお姉《ねえ》ちゃんの姿《すがた》が、目《め》に浮《う》かぶ。

私《わたし》たちも、もう寝《ね》ようと立《た》ち上《あ》がった。

「あ、そうだ。これ、すみれちゃんのだよね？」

思《おも》い出《だ》してポケットから取《と》り出《だ》す。音符《おんぷ》の髪留《かみど》めだ。

「あ、これ……」

すぐに自分《じぶん》のだと気《き》が付《つ》いたようだ。

「トイレに忘《わす》れてたよ。もっと早《はや》く返《かえ》したかったんだけど……」

「いいの。これ、実《じつ》はわざとだったんだ」

すみれちゃんは、その場《ば》で髪留《かみど》めを髪《かみ》につけ、にやっと笑《わら》う。

「どういうこと？」

どうやら、私《わたし》に拾《ひろ》ってもらうつもりだったそうだ。トイレで二人になった時《とき》にわざと置《お》き忘《わす》れたとのこと。

「あの時《とき》、追《お》いかけてきてくれたんでしょ？　びっくりしたけどすごくうれしかったの。それで、また話《はな》せたらと思《おも》って忘《わす》れたふりしたんだ」

髪留《かみど》めが戻《もど》ってこないってことは、万緒《まお》が持《も》っていてくれてるんだろうなと思《おも》ってた、と、すみれちゃん。

「机《つくえ》にバカって書《か》かれてたのは？　前《まえ》の五年生《ねんせい》が書《か》いてたってての、うそでしょ？」

この際《さい》だから、何《なん》でも聞《き》いておこう。

「わかってたんだ。そうよ。あれ、私《わたし》が書《か》いたの。どうせならいっそ、悲劇《ひげき》のヒロインになれたらいいのにって思《おも》って。もっと騒《さわ》がれると思《おも》ってたのに、あんまり注目《ちゅうもく》してもらえなくて残念《ざんねん》だったなぁ」

すみれちゃんが、ちょっと変《か》わった子《こ》だとはわかっているつもりだった。でも、ここまでだったなんて。

ゆっくりお湯《ゆ》をわかしている時《とき》みたいに、だんだんとおなかの底《そこ》の方《ほう》から笑《わら》いが込《こ》み上《あ》げてくる。これって、すごくおもしろい。

クラスのだれよりも、すみれちゃんは観客席《かんきゃくせき》から自分《じぶん》を見《み》ていたんだ。どんな時《とき》もお芝居《しばい》にしてしまえるなんて、女優《じょゆう》を目指《めざ》しているすみれちゃんにしか考《かんが》えつかないことかもしれない。

「あきれた？」

「ううん」

私《わたし》をすみれちゃんのお芝居《しばい》の、名脇役《めいわきやく》にしてくれたんだから。

「よかった」

さっきまでみんなで座《すわ》っていたところに、白井君《しらいくん》が持《も》ってきたチョコレートスナックが残《のこ》っていた。最近新発売《さいきんしんはつばい》された、ビターチョコレート味《あじ》のだ。

「思《おも》ったより苦《にが》ーい。ほら、万緒《まお》も」

すみれちゃんはそう言《い》って一つつまみ、私《わたし》の口《くち》に入《い》れてくれた。

「ほんとだ。でも、私《わたし》こういうの好《す》き」

砂糖《さとう》の甘《あま》さじゃなくて、ちゃんとチョコレートの味《あじ》がする。

「私《わたし》も」

私《わたし》たちは別々《べつべつ》の部屋《へや》に帰《かえ》った。

まゆりんたちは、まだ起《お》きていた。「おかえり」も何《なに》も言《い》ってくれない。あいかわらず無視《むし》はつづいている。けれど、私《わたし》は言《い》ってみた。

「おやすみ」

返事《へんじ》は、ない。小《ちい》さめの声《こえ》だったたし、もしかして聞《き》こえなかっただけかもしれない。でも、そんなことはどうでもいいんだ。私《わたし》は私《わたし》なりに、まゆりんの誤解《ごかい》をいつかきっと解《と》いてみせる。そう決《き》めたんだ。

林間学校最終日《りんかんがっこうさいしゅうび》は、海辺《うみべ》を散策《さんさく》したり神社《じんじゃ》に行《い》ったりした。ずっと班《はん》ごとに行動《こうどう》しなければならなかったけれど、矢吹君《やぶきくん》とすみれちゃん、白井君《しらいくん》までが気《き》を利《き》かせてくれたので、私《わたし》はひとりぼっちにならずにすんだ。

こうして、二泊《はく》三日《か》の林間学校《りんかんがっこう》は終《お》わった。

帰《かえ》りは学校近《がっこうちか》くの駅《えき》で解散《かいさん》になった。

「物語《ものがたり》の魔法《まほう》の力《ちから》がなくなって、残念《ざんねん》だったね」

帰《かえ》り道《みち》、矢吹君《やぶきくん》が残念《ざんねん》そうにつぶやく。

「そうでもないかもしれない」

マミカがリサと仲《なか》よくなるように、小説《しょうせつ》のつづきを書《か》き足《た》したことを話《はな》した。矢吹君《やぶきくん》と考《かんが》えた部分《ぶぶん》はちっとも現実《げんじつ》にならなかったけれど、少《すく》なくともすみれちゃんと友達《ともだち》になることはできたんだ。

「じゃ、そういうことにしておこう」

矢吹君《やぶきくん》はこう言《い》いながら、大《おお》きくのびをした。あれ、背《せ》がのびたのかな。初《はじ》めて会《あ》った時《とき》より、目線《めせん》が少《すこ》し上《うえ》になった。そんな気《き》がする。

林間学校《りんかんがっこう》から帰《かえ》ってからも、私《わたし》はクラスの女子《じょし》から無視《むし》されつづけた。けれど、私《わたし》はできるだけだれにでも朝《あさ》や帰《かえ》りにあいさつをするようにした。毎回勇気《まいかいゆうき》がいったし、予想《よそう》どおり返事《へんじ》がなくてもつらかった。でも、やめなかった。すると、少《すこ》しずつ反応《はんのう》してもらえるようになり、今《いま》では何人《なんにん》かは前《まえ》と同《おな》じように接《せっ》してくれるようになった。

「万緒《まお》、また私《わたし》が主人公《しゅじんこう》の小説《しょうせつ》、書《か》いてね」

すみれちゃんは、私《わたし》がずっとほしかった親友《しんゆう》になってくれた。「なって」なんて言《い》ったわけじゃないけど、こういうのはそういう問題《もんだい》じゃない。

「マミカがすみれちゃんだって、ばれてたの？」

すみれちゃんと仲《なか》よくなってから、時間《じかん》は飛《と》ぶように過《す》ぎ、冬休《ふゆやす》み、三学期《がっき》と終《お》わって、もう春休《はるやす》み。今日《きょう》はすみれちゃんちで、二人でお菓子《かし》をつまんでいる。

「ばればれだよ。そう言《い》えば、あの小説《しょうせつ》のタイトルって何《なん》て言《い》うの？」

「うーん、『チョコレートフレンズ』っていうのはどうかと思《おも》ってるんだけど」

「何《なに》それ」

すみれちゃんは、私《わたし》にもズバッと言《い》うようになったからだ。

「何《なん》でも話《はな》せるような友達《ともだち》ってどんなかなって考《かんが》えてたら、こうなった」

私《わたし》も、何《なん》でも言《い》えるようになった。大事《だいじ》なのは、勝手《かって》に一人で傷付《きずつ》く前《まえ》に自分《じぶん》の意見《いけん》を言《い》うことだ。好《す》きになってもらうために、必要以上《ひつよういじょう》に砂糖《さとう》をまぶすことなんて、私《わたし》にはもうできない。

「私《わたし》にはわかんないけど、いいんじゃない。万緒《まお》、チョコ好《す》きだもんね」

ほら、こうすれば理解《りかい》はしてもらえなくても、気持《きも》ちは知《し》っておいてもらえる。

「別《べつ》に普通《ふつう》だし」

「その手《て》に持《も》ってるの、何《なに》？　このチョコスナック、食《た》べてるのほとんど万緒《まお》だよ」

やっぱりすみれちゃんは、私《わたし》にとって甘《あま》くないチョコレートだ。


六年生《ねんせい》になっても、クラス替《が》えはなかった。私《わたし》はホッと胸《むね》をなでおろす。

担任《たんにん》の木下先生《きのしたせんせい》も、変《か》わらなかった。

新学期《しんがっき》、一日目《め》の朝《あさ》の会《かい》が、これまでと同《おな》じように始《はじ》まる。

「みんなにいいお知《し》らせがあります」

「えっ、先生《せんせい》が焼《や》き肉《にく》をごちそうしてくれるとかー？」

白井君《しらいくん》が身《み》を乗《の》り出《だ》した。みんながドッと笑《わら》う。

「転校生《てんこうせい》を紹介《しょうかい》します。さ、入《はい》って」

先生《せんせい》が手招《てまね》きすると、ドアがスッと開《ひら》いた。そして、子《こ》ども向《む》け雑誌《ざっし》から飛《と》び出《だ》してきたような、美少女《びしょうじょ》が入《はい》ってきた。

みんなが見入《みい》っている中《なか》、その子《こ》はほほ笑《え》む。

「林澪香《はやしみおか》です。ミオって呼《よ》んでください。よろしくお願《ねが》いします」

ミオちゃんが、そこにいた。

矢吹君《やぶきくん》、すみれちゃん、そして私《わたし》はいっせいに顔《かお》を見合《みあ》わせた。


（おわり）

著者
嘉成　晴香（かなり・はるか）
1987年、和歌山県生まれ。『星空点呼　折りたたみ傘を探して』（朝日学生新聞社）で朝日学生新聞社児童文学賞、児童文芸新人賞受賞。おもな作品に『セカイヲカエル』（朝日学生新聞社）『流れ星キャンプ』（あかね書房）『夢見る横顔』（PHP研究所）などがある。日本語教師、大阪市在住。

表紙・さし絵
トミイマサコ
1980年、埼玉県生まれ。書籍イラストを中心に活動。多くの装画や挿絵を手がけている。近年は『雨の名の薬売り物語（全2巻）』（著・楠章子、あかね書房）で装画・挿絵、「大学受験TERIOSイチから鍛える」シリーズ（学研プラス）で装画を担当している。東京在住。http://tomii.gozaru.jp/

嘉成晴香先生へのお手紙は
朝日学生新聞社出版部まで送ってください！
〒104-8433　東京都中央区築地5-3-2　朝日新聞社新館9階
朝日学生新聞社出版部「わたしのチョコレートフレンズ」係

わたしのチョコレートフレンズ

2018年6月30日　初版第1刷発行

著　者　嘉成 晴香

発行者　植田 幸司
発行所　朝日学生新聞社
〒104-8433　東京都中央区築地5-3-2　朝日新聞社新館9階
電話　03-3545-5436（出版部）
http://www.asagaku.jp/（朝日学生新聞社の出版案内など）

印刷所　株式会社 シナノ パブリッシングプレス

ISBN 978-4-909064-40-0

星空点呼

折りたたみ傘を探して

作・嘉成晴香　絵・柴田純与

いじめに悩む小学生や引きこもりの若者らが夢を見つけて前に進んでいく物語。子ネコを助けようとして亡くなった少年が、かつての友だちや子どもたちを励ましていく。

朝日学生新聞社児童文学賞 第４回受賞作
第43回児童文芸新人賞受賞

Ａ５判、上製、208 ページ
■定価　本体 1,000 円＋税

セカイヲカエル

作・嘉成晴香　絵・小倉マユコ

小学６年生になる直前の春休み、突然引っ越しすることになった彩人。中学受験に向けて勉強に励むおさななじみの連司。現在と過去にわかれて過ごした１年間をふたりが語る物語。

Ａ５判、上製、216 ページ
■定価　本体 1,200 円＋税